庸

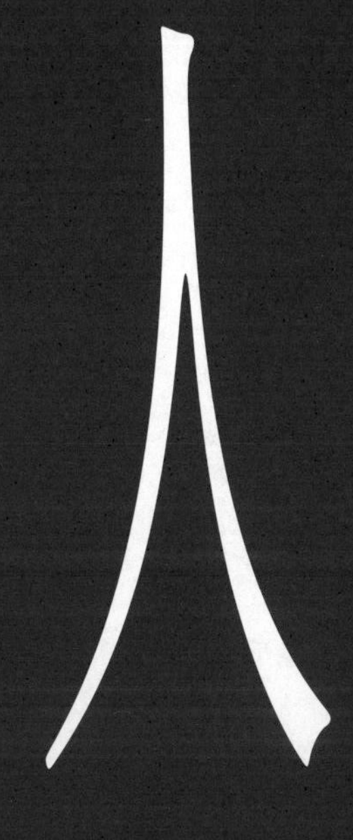

展略——著

不是說道理，而是借「道理」說人。
您了解一下角色的內心和思維模式就好了。
我也不知道甚麼是應該的，甚麼是不應該的。
我只是拿「觀點」當「工具」。
還有，本故事純屬虛構。

——展略

目錄

*本故事純屬虛構，與現實個人、團體、地點和事件毫無關係。如有雷同實屬巧合。

第一章

世上本無事
庸人自擾之

「讓我看看你寫成甚麼樣？」

……

從地鐵站走出來，入商場上三樓，出到圓形小廣場就能放眼望見乒乓球檯。殷石楠從那裏經過，心想雖然這麼近，自己卻沒有來打過乒乓球。是他從來沒有主動來過，但反正來了也不會搶得到檯。雖然他不會打乒乓球，也不想嘗試，但不知為何總有一點空虛。可能是羨慕別人開心的樣子吧。視線從乒乓球檯離開，楠推開大廈門進去。

這裏是黃大仙一屋邨，殷家就住在這裏。

從家門就能看到沙發上躺著一個身形苗條，比例高挑，長髮馬尾，神情透露些許灑脫英氣的女子正舉著手機傳訊息。

楠的視線從鐵閘口穿過整個飯廳，看向窗台，再看到廁所門開著，基本就能肯定現在只有他和姐姐。楠進門一邊脫鞋一邊問：「爺爺呢？」

「買完自己吃的菜回來後又出去了……我也準備出門了。」姐姐說罷起身，一邊收拾袋裏物品一邊交代：「叫我買的菜我買好了。我不回來吃飯。飯煲已經少落了我那份。」

「又是這樣。她又要罵你了。」

「罵就罵吧。」

眼看姐姐快出門，楠在她臨走前問一句：「你既然要出街，剛才還躺著？不怕弄亂髮型嗎？」楠看著姐姐，她摸一摸頭，頭側向右方，右手順方向撥一撥長髮，說：「無所謂啦。去見男朋友。」

幾乎是聽到這句話的一瞬間，雖然表面看不出來，但楠有些不快。

姐姐走了。殷石楠也收拾收拾，拿出功課趕快做。

他今年中五，快將面對高壓的文憑試，課業繁重得即使自己一人在家，也沒別的心思做其他事。但是明知功課是較緊急，他偏要放一放——可能是因為不想面對壓力吧。他拿出書本，溫習令他煩惱的企會財內容。

他的選修科選了商科的企會財和經濟科，因為父母都可以教他。而以他的能力確實選其他科也不會有更好的結果，接受父母的幫助還可令他有那麼一絲機會考上大學。

一直到晚上，媽回來了，馬上準備做飯。她一邊問楠：「還有多少？」

「很多。」

「做了多少？」

「……」他遲疑後回答：「一篇作文。」

媽馬上說：「一篇作文你花那麼多時間做甚麼？夠字數就好了！」

「嗯……」

拿出其他功課，但一時間難以轉變思維，他看著功課嘆了一口氣。一是嘆自己能力太低，二是嘆學校沒有文學等科目作為選修課。

「怎麼個個都未回來？」

「對了，姐不回來吃飯。」

「那個殷紅櫻！」媽用力嘆了一口氣。

不久，爺爺哼著粵曲回來。隔一會兒爸爸也回來了，記得楠今天派考試成績，問了一句。媽媽邊做飯邊著急：「拿出來。」

楠拿出試卷，不出意外聽到媽說：「數學又不及格了？」

「我文科成績好……」

媽媽提高聲量：「你傻的嗎？人說東你說西。」

楠想解釋：「人人擅長的都不一樣……」

「不要找藉口！大家都是這樣讀書，我就沒有過不及格。」

爺爺幫口：「孩子會有自己的分寸，真的不行就轉個補習老師吧。」

媽媽說：「補這麼久都沒用，是他沒有開竅，不懂用腦！」

好不容易對話完了。飯也煮好。

吃飯時已是九點鐘，吃到一半姐姐也回家。媽媽馬上說：「我不喜歡你這樣。晚晚如是！」

「我喜歡的話不回來也行。」

「你有本事嗎？」

爺爺發聲：「用不著動氣啊。我都沒你們好氣。」

說完目光看回手機微笑。媽降下聲量對爺爺說：「連老爺都中手機毒。你眼睛不好啊，少看點。」

「OK、OK！」

爸爸問：「怎麼講英文了，肯定又跟霞姨通訊？明天就能見，現在談少一會兒也不行？」

吃過飯後爸爸在客廳看電視，媽媽回自己和姐姐共用的房間。爺爺拿張木製的小矮凳在露台唸佛經。

爺爺殷天賜是一個居士，投入佛教是從爸爸成年後，生活的重擔能稍為放鬆一點後的事。但是早從爸爸到了聽得懂教導的年紀開始，記憶中就有來自爺爺佛學智慧的灌輸，這對爸爸比較早懂事，可以負起責任，性格老實堅韌有很大的功勞。殷石楠兩姐弟也是，他們在小時候不只爸爸媽媽給他們灌輸價值觀，也受到過爺爺的教導。他們小時候都是很乖的孩子。

弟弟回房間，姐姐跟著進去。因為現在媽媽在房間，所以她過來這邊了。

可能是因為媽媽的強勢，不知從何時開始，姐姐和媽媽越來越對立。自從姐姐對人生看法多了，她們的矛盾就越來越多。到交了現在這個男朋友後，他們之間幾乎每次開口都是拌嘴了。

但這並沒有對殷家其他人造成困擾。這就是她們的相處方式。有時殷石楠甚至慶幸家裏還有兩個敢言的人，萬一有甚麼事需要人出面，選擇也更多。

「你買的是甚麼？」楠看著姐姐手裏的小盒子問。

「這是遮瑕膏。」

「有甚麼用？」

「眼下臥蠶又深又黑，粉飾一下。」姐姐這是在練習化妝，她當然不會化全套，只是試一試新買回來的商品。她看向書桌前的弟弟：「做你的功課吧。」

「唉……」楠突然提高音量叫道：「黐孖筋！欠交算了！」他也不怕媽媽聽到，反而他有點期待媽媽聽到後的反應。他也不知道他在期待甚麼，總之就是想知道別人的各種反應。

「你得也說得沒錯啊……阿媽的確是黐筋。」姐扮作若無其事地說。

「撲哧！哈哈哈哈……」兩人相顧，止不住笑。

姐姐說：「你看你的眉毛這麼粗，和爸爸一樣。仔細一看眉心還有幾條雜毛，我幫你拔掉吧？」

「不要。」

「來吧。不痛的。」作勢要過去拔他的眉毛。楠左右回避，一個大晃身躲到被窩裏笑著說：「不要搞我！」

「嘿嘿。那麼怕幹嘛？」他們這樣擾攘了很久。

爸爸回楠這間房準備睡覺，兩母女也乖乖一起睡覺，爺爺則打開客廳沙發床睡。

到了早上各自出門。

爸爸殷偉冠身形壯碩，有個小肚子，是會計師樓的核數經理。處於這個職位是因為他做得久，可以檢查同事的工作。公司其他幾個經理也是順其自然升上來的。以他的資歷雖然比下有餘，在公司卻沒有上升空間了。他今天也跟平日一樣在「豬肉檯」——就是開放式辦公的大桌，對面圍住的一小格私人空間工作。這偽劣的「房間」分出了他和下屬的身份，也表現出他們之間的隔閡。雖是有自己的空間，但卻不比坐在「豬肉檯」舒服多少。「這『雞肋』的情況恰好與我在老闆心中的份量一樣，也算是適得其所吧。」這是爸爸自己的原話。

媽媽白明蕊生完小孩後稍有富貴相，看得出以前是美人胚子，也是個打工仔。在一家跨國公司的香港分部工作，是會計及人事經理。她在公司頤指氣使，今天上班也像打仗一般指點春秋。皆因在她工作部門中，她是資歷最深的那批人，多年來，也有不少變革是她的功勞。上司是上頭派下來的外國人，有很多問題反而要主動請她協助。儘管她的工作很多，有時甚至超出自己的工作範圍，但她卻往往可以不用加班，準時放工，這是她最厲害的地方。可能要回家煮飯的壓力也是工作快的一個因素，還因為她培養了一群優秀的手下幫她收拾工作。

姐姐現在身處哪裏，那就比較難知道。她以前有一份全職工作，後來覺得不適合自己就沒做了，現在主要「炒散」。現在吃飯時間，多半在某一個商場裏吧。

午飯時間，殷石楠在學校正門的接待處拿到爺爺剛送過來的飯菜。這做法從中一開始直到現在。

入廁所時遇到同學同樣進去，問：「去食飯？」對方沒有搭話。楠入廁格邊反省：「怎麼會看著人入廁所問是不是去食飯？」待外面沒有聲響他才出來，邊洗手邊抬頭望鏡說：「傻仔。」

吃完飯回到課室上課，又是不須發一言，捱到放學，便馬上回家。

與投入打球、玩桌遊的同學不同，他會留在學校唯一的原因就是學會活動，但身為公益少年團成員的他，一年也不須參與幾次學會活動，自然每天早回家。

「也好。老師給了這麼多功課，趕快做完趕快睡。」殷石楠作為少數「歸宅部」成員，抱著這想法。不管其他人本來是怎麼想他這種人，如果他們知道殷石楠回家後真的是實行自己的學習計劃，也會多了一點點尊重吧。不過他做功課的速度慢，又沒有玩到，又沒有早睡，成績也沒有好到哪裏，那一點點的尊重又會消失吧？

殷石楠回到家門口，準備開門，心裏想著趕快做功課。還未開門，他就看到與昨天不一樣，明明不是吃飯時間，飯桌卻早就搬來展開在沙發前。飯桌上放著熱茶，是為了客人而斟，只因殷家沒有茶几，拿飯桌來充當，反正只要不擋電視，沒有甚麼所謂。坐在沙發的是爺爺和霞姨，他們正邊看電視邊吃花生，看這樣子，霞姨應該來了很久。姐姐也已經回家了，因為平時攤睡玩手機的位置被坐了，拿了張椅子圍住飯桌，坐在爺爺的左面，左手伸出放在桌上，身子彎下去，頭睡在自己的左臂，右手按手機，絲毫沒有把霞姨當客人的感覺。因為姐姐正對門口，這副模樣殷石楠在門口進來前就看見了。

他知道要做好心理準備，即將面對一輪寒暄。

「楠仔，放學了？」

「嗯……我有很多功課，我先做功課了。」

「啊。」

寒暄的時間比殷石楠想像中短。也許是因為見過太多次，霞姨覺得彼此已經熟到沒有必要沒話找話說吧。確實，殷家人都已很了解霞姨，但了解殷石楠這件事，卻只是霞姨自以為而已。

楠向著桌子坐在霞姨的右邊。雖然他肯定是更願意坐在姐姐或爺爺的旁邊，但為了不阻到人看電視，他似乎也沒有選擇。

其實楠心裏並不是不喜歡霞姨的。在她身邊也還算自在，反而因為霞姨偶爾會轉過頭來看看他做功課，給到他一種監察的感覺，效率還有所提高。但做得再快，遇到無法解決的問題，也總要停下來。

「唉……為甚麼……到底為甚麼？」殷石楠卡在了一條數學題上。想來想去想不出從何入手，漸漸心情煩躁起來。他嚷出：「讀這麼多這麼深的數學做甚麼？誰可以靠三角函數改變命運……有！希帕索斯。他用畢氏定理研究太多，被人丟進海裏浸Q死了！」

眾人沉默。姐用小聲但足以所有人聽到的聲量說：「別人學計算，你只顧著聽故事，難怪學不會……」

「啊——」楠仰天大叫，姐失聲大笑，長輩們也被這對活寶逗笑了。只是，殷石楠並不是在搞笑。

後來姐姐嘗試用所剩無幾的記憶，提一提做題目要注意甚麼，但是實質的幫助為零，只令殷石楠更煩躁。

爸媽都回來後，觀察到他的眉頭眼額，問他怎麼了。

楠並沒有理他們，只是自顧自搖頭嘆氣。他是覺得很煩，功課很煩、生活很煩、爸媽很煩。

爸爸媽媽只是關心他，他這種反應看似不妥，但是其實是有原因的。

他是一個不喜歡表達自己的人。喜歡獨處沒有問題，喜歡聯繫沒有問題，兩種不同的人非要處於一個親密距離就出現了問題。爸媽這種方式的關心只會令他感到很煩。其實以前也不是這樣的，只是現在楠有了新的——或者說正常的角度去看：爸媽跟本從來沒做好過聆聽者的角色。

以前分享學校趣事和荒謬事，得到反應是：「那當然會變成這樣。」或「你們就自己搞得不好……」

分享社團活動拿了好成績，他們第一反應是：「有獎嗎？」說有罕見的天文現象，得到的感想是：「那對我又沒有影響。」

有情緒和脾氣，他們的回應是：「不開心有甚麼用？」或「發脾氣代表甚麼？只代表你無能。」

現在，他們覺得楠應該把心事說出來，在楠的角度簡直莫名其妙。

「你們根本不在意我想甚麼……不過也對，為甚麼要在意其他人想甚麼？」這個想法種在了他的心裏。楠不是「不分享就會死星人」，交流的需求不被滿足，那放棄這種需求就好了——他是向這種方向努力的。

「你有甚麼事情就說出來吧。」媽堅持，而爸也一副很關注他怎麼了的樣子。就算他不願，也只好說點甚麼吧。他兩手胡亂地拿起一些功課，然後用那些功課指著另一堆功課，說出：「我這些、這些，還有這些……很煩……」媽媽說：「人就是要做討厭的事情，只做喜歡的事情是不足以生存下去的。你討厭又怎樣？解決問題最重要。」「唉……」果然，他是不應該開口的。有時他會想，要是自己口才好一點，可以好好表達的話，也不至於引來這麼無情的說教。

爸說：「你媽說得對。」楠答：「正論不是問題，但為甚麼要Punch……」他越說聲音越小。

「甚麼意思？」

「沒有。」他現在只想這間屋再沒有人說話。

「你們不會明白的……各種意義上……」他自己靜靜地想。

功課都做好了，開飯時間，霞姨邊吃邊問楠怎麼還是面如死灰的樣子。楠本想甚麼也不說，然後想到這可能是一個嘗試表達自己的機會，但是他又不敢正面回答為甚麼他不高興，於是他就迂迴曲折地說：「以前我跟你們說手冊留了在課室，做不了功課的那件事，那時候你們的反應還記得嗎？」

媽第一個作反應：「甚麼啊……啊。很久以前了……那時你念小學吧？這樣還記得？你也太小氣了吧。」

「小氣？」楠微微低頭看著自己那碗飯，嘀咕著：「是啊……這詞……」他是真的忘記了還有「小氣」這個詞。其實他忘記了很多其他人會拿來評價別人的用詞，因為他不評價別人，也不想被別人評價，這些用詞對他來說是這麼陌生。現在他正是在想自己是不是符合「小氣」這個詞。

「那跟你現在不高興有甚麼關係？你就是因為以前那件事不高興到現在嗎？」爸單純地疑惑。但是爸不知道這句說話在殷石楠聽起來是要他在「沒有邏輯」和「小氣」當中二擇其一。對現在脆弱的他來說，多想一秒這個問題，那種感覺就像是被仙人掌扎到一樣刺痛。

他們見楠不再說下去，默默地繼續吃飯。

晚飯過後兩姐弟在房間各自做自己的事情，連霞姨甚麼時候走的也不知道。不過其實姐姐只是坐在楠的床上隨意在手機上看新聞，而殷石楠根本甚麼也沒做，只是坐在書桌前放空。

「你到底怎麼了？很憂鬱嗎？有甚麼事情？」楠聽完姐姐的提問後並沒有打算馬上回答，雙眼依然放空地望著書桌上方吊櫃放著的模型。

「人死了起碼有七七四十九日清靜。」他說。不知為何他現在最想說的就是這一句，而他在姐姐旁邊能放鬆地說出來。

姐不再看手機，半認真地說：「如果根據這套的話，那自殺可是要下地獄的喔。」姐姐起來，站到弟弟旁邊摟著他，說：「傻仔，失敗就失敗，最壞頂多留在家中啃老。」

「你說到好像他們一定願意一樣……」楠說。

「如果是你的話，他們願意的，他們還是很疼你的。」

「……」

「提起精神吧。家裏有足夠多大學生了，不一定要再多一個。」

楠本能地想澄清自己：「我只是想……」

他停住了，接下來沒有字在他的腦海中浮現，他根本不知道自己想怎樣。

「我想上大學……」

「你既然想，就撐住吧，不要說個『死』字。」

「嗯……」

楠覺得這個狀況「萬一」被旁人看到他會不自在，雖然不情願，還是輕輕甩開姐姐，轉身去躺在床上。姐接著坐在床邊對他說：「我不能一直陪著你，要學會堅強，知道不？」「嗯……」

殷石楠只能答應。這時候，他還不相信，有些問題，是不一定要根據別人的希望來回答的。

另一邊，爸爸也在媽媽的房間與她交談。

「兒子跟你一模一樣！」要是旁人就會覺得媽媽的語氣是生氣，但爸爸能聽出這只是不知怎麼辦，再加半點無奈之下的反應，媽媽的語氣從來都是這麼容易讓人誤解的。

「女兒就不知是似誰，至少感情方面肯定是似老爺！」

爸爸點一點頭應答：「也沒甚麼不好，他們沒有學壞，也不似會學壞，已經很好，紅纓喜歡的話就隨她吧，反正我們家的人在感情方面都是這樣。」

沒錯。媽媽說姐姐感情方面像爺爺不無道理，而且在說的不是過去的爺爺，而是現在。

爺爺再婚了，現在的妻子正是霞姨。

當初爺爺宣布要和一個叫銀金霞的女人結婚時，眾人是十分的困惑。老人家找個另一半相依為命，這種事並不罕見。但是像爺爺每天有事做作消遣，又有子孫陪伴在身邊，還要找一個伴的話，在殷家其他人的角度，實在想不透。而且也沒有名正言順結婚的必要。當時就只有姐姐殷紅櫻第一時間表示了支持。

爸爸沒馬上贊成，倒是跟他對親生母親的情結無關。殷偉冠的媽媽早過世，他是由父親養大的。

爺爺是一個溫柔而堅強的人，他的軟心腸令他難以擔任嚴父的角色，然而即使再溫柔也跟慈母的愛有一點不一樣。儘管艱難，他儘量給爸爸雙份，甚至更多的愛。無庸置疑，殷偉冠幸福地長大了。他懂事，從來沒令父親為難，對父親的尊重和關懷大家都看在眼裏。

當時家裏只有他們，倆父子的起居飲食相當隨便，兩人的默契和性格令他們話也不用多說一句。家裏無風無浪，有的只是日用品，枯燥得難以想像，直到爸爸把媽媽帶回來。

當年要娶白明蕊過門前，她已願意為殷家打點、處事、做家務。殷家爺倆可是久遺地有被照顧的感覺，如沐春風。在他人看來，當時媽媽可能算是「蝕」了給男人的蠢女人，但如果非要用輸贏的角度來看，那放眼現在，最大的贏家可能是媽媽。總之，爺爺認定媽媽是對殷家來說最好的媳婦，爸爸認定娶到媽媽是自己的福氣，不論任何時候都這樣認為。小時候很少被管的殷偉冠，下半生再怎麼被老婆管，也是心甘情願。

當時在討論爺爺再婚這件事的時候，就是在家裏如此有話語權的媽媽，毫不保留地表達過大家都存有的那一絲猜疑：霞姨是想騙爺爺的棺材本。但爺爺極力撇除這個可能，銀金霞不是這樣的人。對家庭關心到接近是控制狂的媽媽，也只好接受，只要爺爺願意，就讓她騙也沒關係，反正有殷家這麼多人，爺爺也不會一無所有。

爸爸後來也轉為支持爺爺的決定。轉變的原因是非常戲劇性的，就是因為他看到爺爺為霞姨抹汗的一幕，想起自己小時候，父親也這樣為自己抹汗。說出來可能十分搞笑，但就是這樣微小而真實的瞬間，令爸爸覺得，這可能是爺爺真心想做的事。

當然支持也好，猜忌也罷，爺爺怎樣都要和銀金霞結婚。也確實這樣做了。

現在霞姨一星期有幾天來殷家——也不知是算作客還是回家，吃完晚飯就走。爺爺也有幾天會到霞姨家過夜。

他們想過，把霞姨接過來住是不現實的。如果要爺爺到霞姨家長住，撇除要改變現在的生活方式這回事，大家還是不放心，所以否決了。當然爺爺的角度是不放心霞姨一個人，但其他人當然是更關心爺爺，而且霞姨也慣了一個人住。因此變成了現在這個奇特的模式。

「這到底是不是好事是很講運氣的！」媽媽對爸爸說。殷家的門都沒關上的，其實稍為大聲一點就全屋都能聽到。姐姐剛好要回房間拿東西，正預期父母看見她出現會把聲量收細，卻把剛才的對話都聽見了，她也大大方方正面應對。

「又說我甚麼了？」她進來一邊找東西一邊扮作不以為然地問。媽說：「說你真學足你爺爺。」

「對啊，反對再多也擋不住真愛的。」

媽媽閉上了嘴。儘管幾乎每次關於姐姐拍拖的「討論」都源於媽媽先開的口，但很多時，媽媽都是先閉上嘴的那個人。那不是因為無法反駁，而是在她內心，也希望女兒真的沒有錯。

其實媽媽並不是反對，只是因為某一天，殷紅櫻說現在這個男朋友是她在中學時已經交了的，一直到現在才坦白這件事。

對於「隱瞞」，她們辯了很多次，姐姐總是搬出媽媽的其中一句格言：「過去了就過去了，追究也沒用。」但姐姐從來不會真正擺脫。一件令人出乎意料的事就會改變一個人的形象。自此之後他們就算是小事都可以演變成爭論，也是離不開這個因。

這晚之後，日子過去不久，姐姐宣布她已經計劃好搬出去住，和男朋友同居。家人不情願，但也無法反對，加上姐姐舉了一堆例子說這很正常。媽媽也只盤著手，沒有任何表示。

就這樣默默到了殷紅櫻走的一天。這是一個星期日，就是家裏人齊聚的時候，她要拿著行李離開。

楠在姐姐的房間。本來也沒甚麼情緒，但一打算開口說話就有些哽咽，他努力壓抑住。但既然情緒都出來了，就不如說出真心話，他垂下頭低語：「我不捨得你⋯⋯」

姐姐平常那水晶般閃著的眼神微微半閉，那是楠懷念的溫柔，她說：「沒甚麼好不捨得的，雖然我也有一樣的感覺，很奇怪對吧？明明不是再也見不到。」

楠對她說了句：「自己小心了。」然後姐姐出了房門，也準備走出家門。

除了行李的拉鍊聲和輪子拖動的聲音外，寂靜的氣氛被打破的第一句，來自爺爺的關心：「沒拿完的東西，再慢慢回來拿也可以。」

「都拿好了爺爺，我走了。」

爸爸心裏其實有一萬個不願意，真的這麼想離開我們？但這始終是她的選擇，而且所有提問她都一一回答好，還有甚麼好說？眼見女兒離踏出家門只有幾步之遙，他很想開口，但沒有道理可說，也不擅長打動人，沒有甚麼選擇下，爸說了一句：「女兒，我只是想你記住我們都……」躊躇了一瞬間，選擇說出口的是：「……真的關心你，記得常回來。」

姐知道爸爸想說甚麼，微微回頭對爸說：「你愛我是因為我是你女兒，但他愛我是因為我是殷紅櫻。」

「有分別嗎？」

「……我會回來的。」

爸知道女兒去意已決，她有自己必須追求的答案。當初她的媽也是不顧家人反對，嫁給一無所有的自己。

姐姐走了。爺爺獨自慨歎：「沒見過那個男人幾面，就要送個孫女去……」

媽媽終於說話：「又不是真的送了給別人……」

晚上，爸爸搬回來跟媽媽同房。兩人睡前，爸爸就知道媽媽有話說。他從來不擔心媽媽會有鬱結，但現在媽媽的表情是他未見過的。

「你說我怎麼不擔心？」媽媽少有地無神無氣說。

「那你剛才不說？」

「唉……她都決定了，當給她一點支持吧，不然又和我鬥嘴鬥到僵了。」爸爸總算看出來了，那表情更多的是失落。

櫻的男朋友叫沐一亭，比櫻高半個頭，比楠高更多。因為瘦削而顯得輪廓深邃，面型比例均勻，確實有幾分帥氣。髮型、穿著、神情……看起來就是一股「年輕的感覺」。

他跟父母關係不太好。兄弟姊妹中排行第三，兩位兄長都是專業人士，妹妹快將畢業，準備做老師。其他人養家就可以，他想做甚麼基本上沒人管——甚至沒人關心，而他似乎也不需要其他人管的樣子。

他是間小公司的小股東。說是有股權，但都是老闆以廉價工資綁住員工的手段。當初說得好像只有被看得起的有能之士，才會得到入股邀請，他可能是為了老闆夢，也可能是為了當另類晉升，而投入了資本，順帶押上了自己的前途。在商場打滾多年的冠和蕊懂得這些，因此沒特別想交託女兒給他。不過不反對他們拍拖。只是內心期望他們拍拍拖就好了。

沐一亭曾經來過家裏，他只和殷石楠見過一次面，就留下了非常不好的主觀印象。殷石楠對他的評價是一個說話輕佻，又喜歡大談自己的想法，總給別人挑刺和調侃，明顯重視口頭上佔便宜的人。有時裝神弄鬼，陰陽怪氣，要引人注意。

在殷石楠眼中，這個人成熟的面孔背後，根本還是一個「小學雞」。只不過聰明了一點，做得更好罷了。他總能成功引起人注意，那是當然的，畢竟，他除此之外一無是處。

他稍為算得上有點「小聰明」的地方，就是令人在意他，再用嘲弄、挖苦，樹立聰明的形象，並令人越來越想得到他的認同，惡作劇令人期待下一次他會做甚麼，配合適當時機表達喜歡和內心的脆弱，令人被他吊住。殷石楠甚至能見到PUA的影子，只是未到「一啖砂糖一啖屎」這麼強而已。在殷石楠眼中，姐姐就是被他用這種小把戲迷住的。

殷石楠細想，可能都是因為人家父母沒有給他足夠的關心，才習慣用這種方式生存，然後發覺這樣莫名其妙有助泡妞。他把姐姐泡到手，真的應該恭喜他。更應該恭喜他的，是他這一生到目前為止還未遇到一個人，去揭露他脆弱的內心，把他蹂躪得體無完膚。畢竟他的弱點實在太明顯了。

殷石楠也承認自己的想法是有點惡毒——他經常覺得自己惡毒，不知他這樣算不算善良。不過反正他不會把想法說出口。很多時他沉默不語，是因為他的想法太邪惡，怕傷到人，更怕之後傷到自己。

雖然不會說出口，其實也不是想像這麼小事。很多時，這些惡毒的想法出現後，自己反而更無法釋懷了。因為已經把別人和這個世界都定型了。把他放到心中的那個「敵人」的位置後，就可以任由那種討厭，肆無忌憚地成長和攻擊，那種難受就更難消淡了。

不過就算再怎樣，楠也不會與他對立，只不過楠覺得很「無聊」罷了——不只是對於他這個人，想到他們在交往，還有跟他相關的一切，尤其是當人因為他的玩笑而嘻嘻哈哈，就「無聊」到受不了。楠分辨自己感受的能力在這時還不夠，他只懂當作是「無聊」就完事了。

他不滿姐姐被人用他不喜歡，甚至不屑的方式帶走，至於到底是本身對「某種人」反感，還是因為姐姐被這樣帶走了，所以對「某種人」反感，他還不知道。可能兩樣都有吧？

他不知道的，還有姐姐明明是如此有思想、有主見的人，為甚麼會喜歡這個「小學雞」。

大概過了一個月。某平日，櫻接到電話，說要她晚上去醫院。這通電話本應下午就打出，但是那時候尚未到探病時間，無謂要人白白多擔心幾個小時。

這間醫院她非常熟，弟弟從小在這裏看兒科、耳鼻喉科和骨科。楠小時候經常肩膀脫臼，在這裏檢查和覆診過許多次，有時是姐姐陪他來的。但這次再到骨科，卻是因為不同原因而要上病房。

上到病房看見爸媽都在，他們是放工後來的，早那麼一點點。姐姐拿出了牙刷、毛巾、拖鞋等日用品，那是早就在電話溝通好，要她回黃大仙的家一趟再帶過來的。

媽媽摸著剛打好的石膏問：「痛不痛？」

楠回答：「吃了止痛藥，不痛。」

媽媽再問：「怎麼從山崖掉下來了？你分了心嗎？」

「嗯……」楠撇開眼神不敢看人。

殷石楠是在學校旅行途中，自由活動時失足跌傷了，順勢側身落地時，手臂撞石頭骨折了，腿腳事情不大，但也足夠行動不便一段日子。

當時媽媽接到電話，應該有點被嚇到，不過那是楠受傷後親自打的電話，他在電話平平淡淡地說自己受傷，要上救護車，經媽媽轉述後，可能他們比起擔心和不停想像壞情況，估據腦海更多的是：「啊……又有事發生了！」的想法吧。

「對不起。」

「你舒服一點了？」媽媽問楠。

「嗯。對不起。」

「傻仔。有甚麼好對不起，你做甚麼也不會辜負我們。」媽媽望向櫻，說：「家姐也是。」想來這時候，她應該是借著機會說這句的，而比起盲目地詢問楠的狀況，這一句確實更為重要。

殷石楠眼淚已流下來。大家都受感染，殷紅櫻也是。

「因為我們的女兒是殷紅櫻，我們的兒子是殷石楠。」這是來自爸爸的一句，是給姐姐的一句。

這句話很單純，但也許就是應該如此單純。

過後姐姐主動說要搬回來，說是幫忙照顧弟弟。不知道這是不是唯一的原因，總之他們又在一起了。對楠來說不算一件「好事」——只是終於回復正常。

可能那一晚真的在大家心裏留下了甚麼，加上生活上，大家都變成了照顧者，所有人都溫和了。為了照顧殷石楠，姐姐和爺爺共同協作的機會多了，媽媽反而光說做法，不太動手，但是動手的人和指點的人不再有矛盾。

在此期間，殷石楠不知道是否感悟力太強，他悟出了一個想法：也許應該謙卑地承認，有些問題最好的處理，就是不處理，只能祈求當其再次觸動我們神經時，我們有新的力量去面對。

而他為了這份力量不斷準備著自己內心。

但不管人準備好，還是未準備好，姐姐還是宣佈懷孕了。沐一亭也正式求了婚，打算在姐姐身材未變之前結婚。

令人安慰的是，亭認真承諾殷家，不是像女兒被拐帶走，少了個家人，而是多了他一個家人。那堅決有擔當的模樣，有點出乎人意料，反正所有人都認可了這是一件大喜事。

除了慶幸和祝賀之外，也沒有甚麼其他想法了——不是理所當然的嗎？

那是一個高興、熱鬧的婚禮。燈光打在眾人中間，姐姐一步一步走向台上。有人說這一刻的女人是最美的，可能是，也可能不是，但幸福的眼淚和笑容肯定是最閃閃發光的。

賓客台下祝福今後滿滿愛意，新人台上感激過往處處親恩。從此姐姐就是沐家人了，不過她同時也永遠是殷家人。

姐姐婚後搬走了。霞姨住到殷家，算是終於有點跟霞姨是一家人的樣子。

之後女兒出世，取名沐茵薇。

第二章

世上本無事？
庸人本無擾

殷石楠文憑試成績不算優秀，還過得去的選修科成績，也幫不到他得到大學學位Offer。在他為數不多的選擇中，他選了商科相關的高級文憑，假如上不了大學，也較容易找工作。後來經過努力，他接上了工商管理學士學位。

別人的大學生活多姿多彩，而對殷石楠來說，就是讀過了幾年大學。因為對他來說，追求精彩，是很累的。但反正，殷石楠得到了最重要的饋贈：哲理、思辯、批判、表達。這些對他的人生的改變，可能比那張畢業證書更大。

大學生自由支配時間的優勢，被殷石楠發揮得淋漓盡致。因為他上網——花很多時間上網。由名牌大學公開課，到辯論大神的講座，甚至棟篤笑，他把網絡資源充分利用，就為了了解世界多一點。但他的內心，依然不滿足。

怎樣也好，他順利畢業了。

他與很多年輕人一樣經歷多愁善感、我行我素的時期，可能是他遲熟的關係，本來應該在中學產生的心理變化，他現在才經歷。

因為遲熟，令他有了奇怪的煩惱，例如他懊惱如果自己早熟一點，或者他自願留級一兩年才考文憑試，或許不至於要用迂迴的方式入大學。不過現在有過更多的訓練和見識，以現在角度發表意見是偏頗的。也可能所謂的早熟遲熟，是智力和自制能力訓練多寡的問題而已……反正他也搞不清，但總是思考這類問題。畢竟，他處於一段甚麼也思考一下的時期，至少他很清楚，自己沒有甚麼錯，他只是按照自己的節奏成長而已。

今天是星期日，殷石楠約了他的朋友去旺角。楠和他朋友都是大學畢業後，還未正式找全職，所以在上班日都可以約去玩，享受平日人較少的紅利，而今天出外，是因為朋友光是平日找他玩還不夠。

楠也不是一直有空，他在大學時有找兼職，一直到現在，一星期上班三天。他也不知道要維持這種生活到甚麼時候，本來打算一邊兼職一邊找工作的，後來肺炎在香港爆發，很多人也找不到工作，雖然不太說得過去，但他以此為由，延後找工作。即使環境變成各行各業都缺人，但他找著挑著，已經挑了很久。

楠一如既往，早了一點在地鐵站等，但他知道不用等多久。

「喂——早晨——」一個比楠高一點的小伙子叫他。那人尖面高額，配上瘦瘦的身軀，頭髮有幾分自然啡，看起來很順眼。楠打量了他一下，穿著配搭色彩鮮豔，但其實有點不太搭，明顯對時尚只靠自己觸覺，但美感不是完全可靠。

「早。」楠回應。

袁至遙是殷石楠大學同學，以前他們是室友，後來變成整天黏在一起的朋友——主要是遙主動要黏著楠。而楠並不抗拒，因為遙是一個……不太有常識，反應不太快，想法有點……也許過於天馬行空的人，跟他不熟的人，從表面得出的印象很可能是——一個「傻仔」。

楠的世界是可以容納遙。要說殷石楠孤僻的程度，與自我意識強烈的人合不來的問題，直逼跟所有具自我意識的生物都合不來的程度。但就是和遙最合得來。

他們這次相約去打保齡球。他們不是第一次以打保齡球作為活動，遙第一次邀約楠去打保齡球時，他因為擔心自己骨臼的問題而猶豫過。雖然自己成長後久未復發，也經過鍛鍊，打保齡球也不易有事，但還是從來沒想過去玩這種運動。當初是因為盛情難卻，就去試一試。

有很多事情是遙帶殷石楠完成他的第一次。基本上要是朋友不帶，他可能永遠也不會做，因為他總是在顧慮，而「顧慮」這東西要找，一定找得到。也可以說全靠遙，楠人生的「待完成清單」少了很多項。

「和平常一樣時長夠了吧？」遙問楠。

「嗯。」然後遙自發地走向櫃檯，與職員一輪溝通。這種他們兩人共同的活動，殷石楠從不出面溝通，從一開始就是遙搶著去做。有時楠會想：他會不會是看出了我不想做，就主動去做？會不會有一天翻臉說我很沒用，從來都是他照顧我？

但殷石楠想了這麼多，還是照樣按這個慣例走，因為他還想到：「萬一提醒了他，他覺得以前都『虧了』就不好了。」關於社交，楠甚麼都會想得很細，可能和他沒甚麼朋友互為因果。

也許是他的成長與別人不同步，也可能是他壓根未完全社會化，更可能他只是純粹的內向。但不管怎樣說，沒朋友這件事，殷石楠認為並不構成任何困擾，他自己過得去就好了。在他眼中，朋友少是正常的，甚至越來越難交朋友，這本來就是一個不可避免的趨勢——不只年齡變大的原因，是世界本身也在變。

「這是最好也是最壞的時代」，這句只能說一次的話，那肯定是說早了；能不斷說的話，那迎接的每個時代都要說一次。

這是最重視觀點的年代。衣食住行，乃至呼吸飲水都與觀點有關。任何狂熱者就是以此為基點：XX是重要的；對重要的事視而不見是愚蠢的；愚蠢的人就應該反省。這不是這個年代的特點，而是一種越來越明顯的趨勢，現在比起過去任何時候都更能知道大家的觀點而已。應該說是虛偽的面紗終於被揭開，真相終於浮現。殷石楠從現實看出了一個想法：那些你討厭的人，當初你可能不討厭他，是你錯了，從一開始你就應該討厭他。

尤其是現在被定義成「蠢人」的人越來越多，又因為世上的問題越來越多，甚麼現狀生出甚麼觀念，崇尚解決問題的能力——那莫過於智商高，「蠢人」就越來越被討厭。要和人交流，就要想辦法證明自己是聰明人，對他來說是很累的。殷石楠親眼所見，就是經常有人走火入魔。優越感是如此重要，重要到任何時候，心裏都有一個賽場，聽人說話只想著捉別人錯處，還有時見一個人發表完偉論之後，還未等人認同就沾沾自喜，就知道認同和優越都來自他自己的心裏。說來這心理平衡法也算挺了不起的，能自給自足。

他不是反智，他只是不想玩這種捉錯處的遊戲，也不想花精神顧及別人的自我價值。他的想法是：反正現在不被接受、會被嘲笑的想法、行為越來越多，能說能做的越來越少，那乾脆完全放棄好了，自己的世界為何非要帶個人進來指指點點？他才不需要任何人的認同。至於自己的心理需求——既然滿足不了，那就拋棄這種需求好了。

可是他並沒有「得逞」，他還是有朋友的。

其實現在的殷石楠還不清楚自己與優越感的關係，他討厭的人和他自己到底有甚麼分別。也許遙作為朋友存在，就是在提醒他：你比你討厭的人問題更嚴重，所以才找「傻仔」做朋友。

「來自拍一張吧？」遙問楠。

「不就是我們兩個嗎？有甚麼好拍。」楠本來就不太願意搞東搞西，這樣那樣。但還是沒能拒絕，被捉住拍了一張。他們隨即打了三局保齡球，都以差不多的分數告終。

過後想去快餐店坐著聊一聊天，剛好有新口味冰淇淋推出，讓他們可以嘗一嘗的同時，有資格坐著休息。然後兩人靜靜坐著，楠就不自覺開始認真起來。楠問：「你想做甚麼工作？」

「不是早就跟你說了嗎？VTuber。」

「……」

「……」

「……」

遙對楠的沉默沒有過多解讀，說：「給點反應好不？」

「你真的是認真的？」

「100%」遙再說：「我都已經準備幾個月了。」

「是嗎？」楠似乎一下子明白了，他這次有多認真。

然後楠馬上轉向現實問題：「你的錢夠嗎？」

「硬件、軟件、找繪師等等……夠。」

「真的嗎？有沒有算錯？」

「主要升級一下設備，預算接近五位數夠了吧，反正平有平做，貴有貴做。要花錢的地方都已經解決得七七八八了。」

楠心想，以朋友家庭經濟狀況來說，應該不用擔心。

「你家人支持嗎？」

「不需跟他們說。」聽到這句話，他反過來有點擔心。

「你來幫忙做管理員好嗎？」遙問楠。

「……」

「怎樣？」

「時間允許的話……」

楠有自己的心思，要幫朋友的話，可以幫很多，也可以幫很少，他需要盤算一下。

「說到時間，我差不多該回去了。」楠說完，等遙快快吃完就一起搭車回家。

下午是留給家人的時間。回到家後，爺爺替他開門，一邊說：「咦？是你比他們先回來。」爸爸媽媽也看向了楠，看著他脫鞋。聊了幾句，隨後門外就有吵鬧聲。霞姨說：「啊！來了。」

星期日是姐姐和姐夫帶女兒回來家庭聚會的一天。

「太爺、太嫲、爺爺、嫲嫲、舅舅。Hello——」

小薇那圓圓的眼珠、清秀的短髮、橢圓的面形、健康的膚色、像草莓紅紅的臉蛋甚是可愛。

她在屋裏環顧一圈，然後走到楠跟前，雙手伸直遞起，似是有甚麼要求。眾人起鬨笑鬧。

楠識趣地彎下腰，把自己的臉伸過去。

「嗯——嘛！」小薇在楠的臉上大大地親了一口。媽媽笑著說出大家的想法：「這次是先親你。你就好啦。」然後小薇過去，在每位臉上都親一口。

殷石楠看著如此可愛的外甥女，露出欣慰的笑容。姐姐跟他說：「怎麼樣？你也想生一個了嗎？那趕快找個女生吧。」媽媽及時插一句：「算了吧。他怎麼可能找到女朋友。」

「哈……」楠苦笑一聲：「你真的是我親生媽媽嗎？」大家聽到後笑了。爸爸邊笑邊說：「就是你親生媽媽才會這樣說啊。」

楠回應：「哈……那你肯定是我親生爸爸了。」媽媽大聲說：「哼！那可不一定！」眾人大笑。就是因為爸爸媽媽是這樣的夫妻，才可以開這種玩笑。

因為家中人多了，不夠座位，要拿出平時堆疊起來，放在角落的圓凳。楠自發走過去拿。姐夫也知道要幫忙，和楠兩個人拿凳時有一段少少的獨處時間。楠是沒想到對方會在這麼短時間來搭話：「看你連剛才說笑時都皺著眉頭，有點拘謹。為甚麼你總是不太能放鬆的樣子？有甚麼要你緊張的事嗎？」

「我懂得怎麼放鬆，謝謝。」楠客套地回應，心裏想的卻是：比起不放鬆，我更受不了自己變笨……尤其是變成你這樣。

「輕輕鬆鬆不就多好？人就應該自由自在地活著，好好享受生活。」

楠聽後沉下了臉。亨是一個有家庭的男人，而且是自己的姐夫、自己外甥的父親，想當然楠不想從他口中聽到這一句。

楠冷冷地說：「思想家阿克頓勳爵說『自由』永遠面臨四大挑戰，其中一個是『沒有信仰的人把放縱和自由混為一談』。」

「哦……還好我不是這樣。」姐夫只好笑一笑了事。

楠心想：你真的不是就最好……

多虧姐夫口中說出，殷石楠對某些道理加深了壞印象，包括享樂主義，楠又怎麼會陌生。只是他是一個會用盡一切手段令自己變強的人，而不知為何，他有種「享樂就是弱者」的成見，所以一直以來，在他眼中，那些人的問題可大了。

現在他更固執了。

有人說很多人的問題是「想得太多，讀書太少」，殷石楠就正正是這樣吧。其實不用讀書也知道，間中吃喝玩樂不算甚麼吧。但複雜的人很難變簡單，認為自己比人優秀的人很難去學習，這些是他其中一些課題。不過至少，現在的他還算是有堅定的想法。

這天殷家裏也如常放了電影。大家看的看，聊天的聊天，邊看邊聊天的邊看邊聊天。晚上外出到酒樓聚餐，說說笑笑，然後逛一逛才要回家。

一家人四代同堂，其樂融融的畫面，原本以為可以持續久一點的……

那是不久後的一個星期。同樣經過星期日的熱鬧後睡去，星期一早上，爺爺卻沒醒過來，送到醫院，也再沒有醒過來。沒有甚麼預兆，就是心突然不再跳了，說是突發性心臟病。

對大家來說確實很突發，人離開了才知道原來有事。感覺像是爺爺一個離開的藉口一樣。

爺爺的喪禮以佛教形式舉行。老朋友、佛友和他們的晚輩也有來。霞姨的弟婦也來了，因此才知道霞姨弟弟日理萬機，與霞姨一整年沒聯絡了，現在弟婦算是抽空表達一下心意。也算有心，確實本來就沒有甚麼交集。

頌經開始。真摯誠心祈願。願爺爺去到更好的地方。

「一切眾生未解脫者，性識無定，惡習結業，善習結果。為善為惡，逐境而生。輪轉五道，暫無休息，動經塵劫，迷惑障難。如魚游網。將是長流，脫入暫出，又復遭網。以是等輩，吾當憂念……」

楠沒有一點傷心。

「諸法空相，不生不滅，不垢不淨，不增不減……」在適當的時候，一些以前聽過的經文浮現在腦海。宗教的答案告訴我們不需要傷心。

那天見爺爺的表情依舊慈祥，離開的時候應該也不害怕吧。依爺爺的性格，應該是懷著感恩離開的，感恩兒孫滿堂，感恩此生圓滿。如果真的有神佛的話，爺爺應該早被接引到淨土，反正肯定去了更好的地方享福了。這個儀式對爺爺也是沒有必要的，爺爺很好，這些為的不是爺爺，為的是留下來的人。

爺爺相信有淨土，當然也沒有否定。因為爺爺的關係，殷石楠雖不能完全相信，楠耳濡目染知道的不少，甚至主動學習更多——其實不只佛家，他對宗教興趣不大，他單純想研究學問和了解修行的方法，因此還有意學習道家、儒家。

「布施治慳貪、持戒治惡業、忍辱治嗔恨、精進治懈怠、禪定治散亂、般若治愚痴」那是爺爺告訴他的。雖然他未必會做，雖然他同時會尋找其他答案，但是窺探一點佛的智慧所在，也至少令他心安了一點。

堂內除了楠之外，大家也都顯得輕鬆。除了因為這是笑喪，更因為認識爺爺的人都知道，爺爺的生平和處世態度，臨終一定已無遺憾。那份安心也算是對爺爺的肯定。不過最輕鬆的人就是小薇，她根本不理解現在發生甚麼事情，也不知她是否真的明白再也看不到曾爺爺，還在椅子上踢著腳要糖吃。

爸爸有點神傷，倆父子相伴大半生，是理所當然的。淚流滿面的是霞姨，儘管今天是不應該哭的，她還是真情流露。聽到她對著爺爺說：「謝謝你給了我一個家，謝謝你給了我子子孫孫。」殷家其他人也差點沒忍住。

誠心感激，認真對待，送到最後。

事情總是接踵而來。他們準備搬家，殷家現在住的公屋是以爺爺的名字租的，現在他們失去了資格，必須搬走。

需要分類會留的和不會留的。一些老舊的家具如木櫃等，已經不堪搬搬抬抬，只能丟棄。一些搬運起來麻煩，而且沒有必要的，如堆疊在角落的圓凳、大大小小的裝飾也不帶了。一些長年儲備的生活用品也不會帶走，只能送人。那幅把廁紙一卷一卷堆成一座小城堡的光景，不知還有沒有機會看到。至於爺爺睡過的沙發床？早就處理了。想像從小到大陪伴了二十多年的物品被放到垃圾站，那個畫面令殷石楠覺得難受。不知為何，他打從心底湧出一種很淒涼、很孤獨的感覺，都快哭出來了。

晚上趁大家都睡了的時候，他錄下家裏每一個角落。每一件計劃要扔的雜物、小時候在牆上貼的貼紙、門上貼的揮春、因意外砸崩的磁磚……每一間房間、每一件家具都拍下來。

他當然早就知道自己總要離開這裏的，他不知從何時開始，一直在做要離開住了二十多年的家的心理準備。但不想就是不想，不管有再多的道理，不想就是不想。其實如果可以的話，他是願意到死也在這裏住。如果臨死前回顧一生，肯定有這個家的份，而且會佔很大一份。

他們在大圍一村附近租了一間兩層村屋。那是離地鐵站不算遠，一條天橋可直達的地方。剛好有放租，還是整整兩層，他們是真的幸運。要那麼多空間是因為姐姐、姐夫和小薇也搬過來一起住。始終互相照應都是好的，也能陪伴小薇成長。說起來，最高興的當屬小薇了，新鮮的環境，轉了新學校，和所有家人在一起，可想而知她每天有多開心。

這個新家臨近地鐵站，對上班沒有太大影響。這天是楠的工作日，他走過在家外面的無人小區域，穿過停車場，行上天橋，坐地鐵到銅鑼灣。

到公司馬上開電腦工作。他按過往的樣板準備表格，工作不算難，但比較注重細節，殷石楠已經算是有經驗，但還有很多錯排查不出來，還好有前輩指點。

一開始，殷石楠以為前輩也是剛畢業，看似只比他年長一點。直至某一天，她說到自己幫兒子處理這個、處理那個，被人問到時，才知道她兒子都已經十幾歲了。

辦公室的間隔開揚，除了殷石楠，大家經常走來走去聊天，聊天的內容大家都聽得見。前輩如常地說自己家裏的事，自己兒子怎樣怎樣的，似乎她的兒子令她事事擔心。殷石楠根本不會把別人的家事當成一回事，各家自掃門前雪就好了。況且「養兒一百歲，長憂九十九」，是她過分緊張而已，根本不算甚麼事。

只是前輩說到擔心兒子交不到女朋友的事，楠再不想聽入耳，但耳朵卻自己飛去了。前輩的兒子還是中學生，她已經擔心成這樣，看似奇怪，但她擔心的其實是兒子太內向，如果一輩子都這麼內向，很多事都會很困難。

殷石楠覺得「中槍」，自此他也開始擔心起這事。

楠一直單身，但他對戀愛是渴求的。他以前把找不到女朋友歸因於自己不擅長當領袖，不擅長展現自己出彩的地方，甚至是不擅長明刀明槍搶資源。

本來他不明白，為甚麼別人會不了解自己？因為自己能輕易知道別人到底想要甚麼、行為邏輯是甚麼、把自我價值放在哪裏。他覺得其他人應該也能同樣地看穿他，從而欣賞他。然而沒有人能做到。他就以為根本沒有人把他放在心上，肯定是因為自己不配。但慢慢地，他發現不是這樣。純粹是他的機心比其他人都強，自然而然地做到滴水不漏，所以他能了解別人，而別人了解不了他。

他不知道要展示自己這回事，要怪原始基因的推使，社會崇尚競爭的教化，抑或萬能的解釋——父權的壓逼。但內心深處他知道其實甚麼也怪不了。是他封閉得太厲害，不但有意無意地把當成「弱點」的內心藏起來，不追求別人了解自己的想法，甚至連社交能力都永遠留一手。結果自己連存在感也沒有，這事怎麼怪得了人。

將來遇到合適的女孩，人家也可能會因自己戀愛的生澀，流露出不自在，而看不起自己。於是他想了解一下親密關係裏的女孩是怎樣的，或者單純想了解一下女性。這樣的心日漸強烈。

終於在某一天，他決定用交友軟件，拓展自己生活更多可能。最少也可練習一下約會，當作是戀愛觀成熟的過渡階段。反正他又不是尋求甚麼交易，覺得沒甚麼壞處。

他確實不是出於對性的渴求，是對將來求不得愛情的恐懼。畢竟，不要說對著女孩子，他連看著男性的眼睛都要花心神控制，叫自己不要撇開。有很多問題說出來會被人嘲笑，畢竟很多人從來就沒有這些問題，只能靠自己克服。在心理關口前，每個人不該，但卻都是孤獨的，所以逼出這種「解決辦法」。

他找到一個女生聊天，慢慢破冰，終於決定星期六出來約會一次。

到了星期五。楠與遙會面。

他們約在咖啡店，遙已經在這裏了。那是因為他早早就來這裏做創作，從讀書時期開始，他就覺得來咖啡店能刺激靈感。楠在他身邊默默坐下，朋友看楠一眼，楠看朋友一眼，兩人一言不發。

遙繼續用鉛筆書寫，楠拿起放在手邊的橡皮擦，把上面的字擦掉。友問：「做甚麼？」

「撲哧！寫錯了……」楠忍不住笑，笑的時候瀏海都把他眼睛遮住了。

「撲哧！那麼年齡的『齡』字怎麼寫？」

「左邊牙齒的『齒』，右邊令人噴飯的『令』。」楠一邊說，一邊撥瀏海，然後才問：「你寫的是……」

「我出道直播的時候給自己看的稿子。」

「為甚麼用紙筆寫？」

「我覺得先用紙筆比較有靈感……」

「……哦。」

「展示的簡報我都做好了……」

遙把準備了的一切展示給楠。主要是一個勇者的故事：「父親也是勇者，是被封為傳說的勇者。但因為通過了魔物權利法案，勇者需要向與危害人類無關，只是被抓來練手的魔物賠償醫藥費，家庭因此而負上高額債務。剛成為勇者的他，卻因為世界和平而幾乎沒有收入，為了幫忙還債，就來做VTuber了。」

楠沒想到突然聽到他說這麼多，還知道他定好了出道的日子。楠知道他是甚麼主意也樂觀地付諸實行的人，只是怕他把一些壞主意自我催眠成好主意。不過效率之高也令楠來不及細想了。

楠的瀏海又遮住了眼睛，遙伸手去撥楠的瀏海，楠讓其發生，如同自然。遙說：「為甚麼不剪頭髮？」

「我打算今天去剪的。」楠想到，正好可以問一問他對明天約會有何意見。雖然朋友對戀愛也是一無所知，但是始終跟他談一談，怎麼都好一點。

只是楠開口之後，要先受一句：「嗚——和女生去街——」接著一番看似半玩笑，半玩弄的「祝賀」。不過遙真的純粹是想祝賀，只是表現得不像。但不知為何，也很神奇地，沒有令殷石楠尷尬，錯了又等於對了。他們兩個就是這麼莫名其妙地合得來。

「進去可以洗頭的那種理髮店後要怎樣？他會來問我做甚麼嗎？還是怎樣？」楠問朋友。

「你認真的嗎？問這種問題？」這句話一般會被理解為諷刺，但楠知道這不是嘲諷，遙從不這樣做。

楠沒有去過，並不是有其他原因，純粹是不想花錢而已。他的經濟狀況不差，只是不想花那麼多錢在剪頭髮上，反正梳一梳後，分別也不是那麼大。事實上，他對所有消費活動都保持著「可以不花就儘量不花」的態度，剪頭髮也包括在內而已。

這都是源自家庭的教導。殷家以前經濟狀況不太好，之前住的那間公屋是姐姐出生後才有的，減輕了一點開支壓力。後來爸爸媽媽努力不懈改善收入，現在已完全不一樣了。沒有買樓純粹是因為他們相信只是自住而不炒賣的話，有生之年只會買一兩次樓，而有生之年會經歷很多次週期，所以耐心觀望。但說到消費習慣，依然沒有太大變化，只是殷石楠問過每餐飯菜要花的金額，得到的答案令他稍為嚇一跳之外，其餘都據說是跟以前差不多。

殷石楠從同學、兼職的同事等，聽過他們會去很多地方吃喝玩樂，而他自己有很多娛樂都未試過，也有懷疑自己的生活是否太枯燥。後來想到自己的生活根本沒有甚麼壓力，也沒有太多社交需求，他其實只需要意識到自己已經很幸福就夠了。反過來說享受太多的話，會令他覺得自己幸福過度，甚至墮落，反而令他害怕自己接下來會否遇上不幸的事情。對殷石楠這種人而言，「精彩生活」真的沒有必要。如果不是朋友經常找自己到處去，他才懶得去尋求甚麼。

不過那些都只是拿來「說得過去」的說法。他裝作不知道，也不承認，其實他期待的，是做一個「不以物喜，不以己悲」的人——一個「傻人」。都已經這個年代了，還這樣想，不知有何必要。不過假如他真的可以做到的話，也沒關係吧。

但是現在他又有了新體驗。遙陪楠去了髮型屋，不只剪頭髮，還弄了其他。剛弄好後，遙就說：「哦！這樣一看，你以前的髮型太懵頭懵腦了。沒有比較就沒有傷害。」

楠馬上反應過來，不過不是對自己的形象，而是對邏輯：「這句話其實很古怪，『沒有比較就沒有傷害』是說明『比較』是『傷害』的必要條件。也就是沒有『傷害』可以離得開『比較』，就像『沒有水就沒有生命』一樣。怎麼可能所有『傷害』出現都必須先有『比較』存在？這句話的真正意思是：『沒有比較就沒有優劣之分，也就沒有指出劣方時做成的傷害』，所以這句話提及的『傷害』是專指『對比得出的傷害』，但這樣的話，『沒有比較，就沒有比較造成的傷害』不就是一句廢話嗎？就像『沒有水就沒有生命』變成『沒有水就沒有需要水生存的生命』，是不是很廢？所以這句話要麼是錯，要麼承認它很不完整，而且很廢。」

遙還未來得及給任何反應，楠就繼續說：「不過這句話的意義在於『強調比較的重要』。所以其實不是一句廢話。但依然，乍聽起來還是讓人很迷惑。」

遙知道他的批判思考腦又發作了，不把他帶走的話他可能會坐在這裏想很久。遙像帶孩子離開公園鞦韆的媽媽，用肢體語言引導楠站起來：「好了、好了，楠哥，是時候走了，走吧、走吧！」邊說邊嘗試拉著他離開。

「那麼把這句改成『有比較就有傷害』會不會更好？但有比較又是不是一定會造成傷害呢……」

總之，他轉換好形象，要面對星期六。

這天從早上開始準備，那緊張程度比求職面試更甚。比約定時間早15分鐘來到尖沙咀。他看著地下繞圈走來走去，在猶豫到底一見面，應該表達多大程度的開心。最後決定不管是不是「照騙」，也要同樣地演下去。

迎面走來一個女孩子。目測身高不足160，額頭闊闊，大眼睛水汪汪，下巴尖瘦，臉頰不太瘦削。穿著白背心，外披一件毛外套，短牛仔褲，背個手袋，既標致又可愛，跟照片一樣，漂亮到在巴士看到她旁邊有座位，也不敢坐的那種。

楠看見她，馬上緊張得只能直直站住，幾乎不曉得動。她走過來說了句：「哈囉。你是阿楠對嗎？」楠感覺她是故意提高了嗓音，表現出很高興看見自己。

「哈囉……Lily，你好。」

他們邊走向商場，邊聊天。聊了今天早上如何準備出門等等「開場白」，又開始聊一些了解對方更多的話題。

Lily問：「平時多在油尖旺出沒？」

「我比較……深居簡出……朋友約就會……還有去捐血。」

「啊——會捐血，我還沒捐過血。」

楠觀察她的肌肉形態和白皙的皮膚，問：「你應該不擅長運動，對嗎？」

「是啊，平時喜歡追劇，這個跟你網上聊天時說過了。你呢？你比我想像中肌肉發達一點，你平時做甚麼運動？」

「我其實……就是個宅男……」

「是嗎？不過也不意外，嘿嘿！」她看起來沒有刻意，但時常透露出嫵媚。

楠將在路上看到的事情當作素材，說說想法、說說笑。女生也愛笑，雖然不知道是不是假笑，但至少她毫不做作，非常可愛。楠跟她聊天不算費神，雙方也捕捉到對話中值得延伸的點，大家都會想話題，對話很少冷場。這樣下來，楠在心裏確定：與人破冰和交流是沒有甚麼困難，看對方是甚麼人而已。

走著走著，他們遇到一個婦女和小孩，不知因為甚麼事，那婦女在訓斥頂多四五歲的孩子，大概是因為孩子鬧彆扭吧。

「我不要你了！」那婦女大聲吆喝，一邊甩開孩子的手。那孩子哭得聲嘶力竭，旁人都覺得煩擾，那婦女也就覺得更煩了。Lily 走過去對著孩子說：「不要哭了，跟姐姐走好嗎？」小朋友因為疑惑，真的冷靜了，看見漂亮姐姐這麼友善，不像壞人，似乎有點猶豫要怎麼做。

「走吧！」那母親緊緊拖著兒子的手，半拉著他走了。

楠看著 Lily，若有所思。他突然想起濟公。他也不知這行為是不是最像濟公，反正以他有限的認知，讓他如此想起來了。然後想到她與濟公是一個在天，一個在地，就被自己逗笑了——他的笑點也許有點怪異。

他們在一家看起來有點格調的 Café 坐下。泛黃的燈光、每一桌之間的寬敞走道、聽不到別人的對話、柔美的音樂……感覺氣氛挺對。其實楠早就查好了一切，對這附近都瞭如指掌。不過不是想達到甚麼效果，只是不想失禮而已。

Lily 坐在楠對面，脫掉毛外套，能看出她的身材，他們面對面，四目相對，楠有點緊張，但更像進入了一般上台表演時的那種，既興奮又醒神的感覺。Lily 問了很多問題，楠都答了認為最合適的答案，除了他「覺得喜不喜歡」的問題不懂回答，只能支支吾吾。

他最不擅長說自己有甚麼感受，因為他確實沒甚麼感受，就算有也不懂怎麼說，更重要的是，他覺得沒有人在乎——可能因為他自己也不在乎別人，也可能倒過來，是沒有人在乎他，因此他也不在乎人。他更願意談想法，但也只願意表面地討論。

「你說過你沒有用其他社交媒體，是真的嗎？」Lily 如此問。

「真的。」

「FBB？」

「沒有。」

「IGG？」

「沒有。」

「XTT？」

「間中看看……明星的情報。」

Lily 笑笑後說：「哈哈，你還挺自我中心喎。」

「哈……」這只是一句玩笑話，他的心裏卻似是被擊中了。因為殷石楠最不喜歡就是自我中心的人。他斗膽問出：「這樣真的是自我中心嗎？」

「我說錯了……這是……孤芳自賞！」Lily 如此回應。他雖然很在意但該是時候轉換話題了，說：「你中文真好。」

她露出得意的笑容：「我 DSE 中文拿 5* 的。」上揚的嘴角依舊上揚，但笑意消失了：「不過依然被我阿媽嫌發揮得不好。」

殷石楠還在想自我中心的問題，也許是被爺爺推崇遠離俗世染污地修行的信仰所啟發，他也一心想遠離浮躁的世界。這應該不算自我中心，但他倒是真的對別人的事沒有任何興趣，他就是在想這樣是不是解釋為自我中心。

Lily 繼續說：「他們眼中，我甚麼都不夠好，阿爸一直對我沒甚麼期望。自從數學失手，讀不了『神科』，阿媽也沒像以前一樣幫我計劃未來。」說完，她嘆了一口氣：「唉……」

原本以為這會是場一直浪漫的約會，也不要緊，約會不一定要浪漫的。

「我數學也不好，你應該比我好點吧？」

「是嗎？我數學有 4，你呢？」

「不記得了。分數甚麼的很少記住。」其實楠是記得的，只是不想說。

「是嗎？」她點點頭，又說：「也對。可能這才是正常。我經常被人拿來比較，想不記住都難。」

楠想安慰她，但是對著還不熟悉的人，怕貿然安慰反而會顯示出一種自大，改為說：「與別人比較，是由於人不確定在世間的位置，不知聰明到哪裏，就與人較勁一下；不知道富有到哪裏，就與人比較比較。只要清楚自己很了不起，肯定會有人羨慕你，那就夠了。不拿自己跟人比較，對精神比較好。」

「不知道呢？我可能單純『比較』緊張別人怎麼看吧。」她強調一些字，好像想要稍微遮一下尷尬，再說：「身邊的人都好勝，可能性格決定命運吧……」

「性格決定命運，但思想可以改變性格——因為人怎麼想，就會怎麼信，然後取甚麼價值觀，就會有甚麼性格。思想可以由吸收更多知識來改變，所以知識可以透過改變思想，改變性格，來改變命運。」楠一口氣說。

Lily 靜靜的聽。

「知識亦可以直接改變命運，我們平時說『知識改變命運』的那個意思……說來思想也不一定要靠得到知識來改變，可以靠很多其他因素，然後因為思想就改變了命運……」

楠發現自己說太多了。

「所以我想講的是，性格決定命運可能不對，因為可以變的太多，可以改變命運的因素太多。」說完後他半瞇眼，偷偷齜牙吸氣，好像有點難受。他在後悔自己表現得很難相處的樣子。

楠心想完蛋了，怎麼會有人直男到這種程度，對著女生說這麼一大堆沉悶的東西。對方只是隨口說了一句，本來的用意是勸她不要這樣想，但現在像自己找一大堆理論來反駁她。

怎料 Lily 說：「可是要吸取知識，也要有對知識好奇的性格，要不然根本聽不入耳；思想也是，要有本身喜歡思考的性格。所以到最後還是性格決定命運不是嗎？」

「啊⋯⋯」他很驚訝，對方竟然能接下去，也願意接下去，而且還一針見血。

「你說得對。小弟甘拜卜風。」

女生笑著說：「承讓承讓。」

「你⋯⋯是辯論隊的嗎？」楠雖然喜歡看一些辯論賽，但沒有進入過辯論隊，連提出申請這一步也不敢。他對辯論隊有各種想像，對他們挺感興趣的。

Lily 回答：「不是，平時喜歡想東想西而已。」聽到這個答案，他反而比聽到肯定的答案更感興趣了。覺得她與其他女生不一樣，跟其他人都不一樣，卻或許她跟自己是一樣的。

現在他心裏有兩個問題：一是她會不會覺得自己悶，二是她會不會覺得自己蠢。這兩個問題都不應該問，但是現在他滿腦子只剩這兩大問題，也反省不到要說其他話。有時人是這麼奇怪的。於是他以輕鬆話題作開首，作了鋪墊後，問她會不會太悶。

「如果以一般角度來說可能是的。我沒想到會有人跟我討論這種話題，算是一個驚喜吧。」

聽到 Lily 回答後，他心想，這個女生實在太溫柔了，居然如此照顧自己的感受，而且還照顧得這麼好，開心之餘困惑這是為甚麼。

經過這一段討論，楠原本提著的心也稍為放下來。緊張少了後，大腦也靈活了一點。

窗外人的動作引起了他們的注意。回春的天氣，蚊蟲開始多，那人正在嘗試用報紙把一隻他們辨認不出來的飛蟲打死。如果牠不是會飛，或者甘於以街角的平面作為全部天地，可能就不會有事，就怪牠與生俱來的能力和本能惹到人類了。

啪！彷彿隔著玻璃也能聽到剎那聲音，一下子就成功拍死了。楠的臉沉了下來，而他也注意到，自己的反應被看到了。

「我在想，自然界沒有罪孽，只有人的殺業會一直污染靈魂，這就是人作為萬物之靈隨之而來的負擔。」既然大家在意，那楠就說兩句想法好了。

Lily 想了一下，說：「嗯哼……可是你還是在吃肉啊。」

楠笑了笑說：「我已經少吃很多了。愛因斯坦說：『吃素者的生活方式，在對人性情的影響來看，能有益地改變人類命運。』，雖然科學上好像未有甚麼理據，但是總感覺有一定道理。」

一旦說到殷石楠早就思考過的問題，他開始提起自信。而神奇的是他對著這個第一次見面的人，竟然忍不住滔滔不絕。

「其實我不是說要全世界不殺生，該做的事還是要做——人類不殺生，生態又再一次被人類改變，動物或多或少又要適應，就算只是一點點，也不是人類可以自以為是地決定誰去誰留。我最討厭自以為是的人。但是要殺動物的話，至少應該出於對生命的尊重，留下一點愧疚和憐憫。當然你可以不覺得這是人必須有的，那就是看你認為自欺欺人和鐵石心腸哪個更壞。鐵石心腸那就沒有痛苦；要自欺欺人還需要排解痛苦，就要別人配合。好的飼養環境和無痛屠宰當然非常重要，除此之外，我覺得如果屠宰場在屠宰動物前後，好好地為他們祈禱或者做場法事，標榜有經過這些程序，再提供消費者選擇，我覺得會好很多。可能因為這樣吃肉的需求上升，同令價格上升，所以最後有甚麼影響要詳細做研究才知道。主要為了排解憐憫之心而已。」

他說完之後就覺得完了。Lily 根本不可能在意自己這種古靈精怪的想法。自己要做的根本不是解釋，而是不要說下去，趕快轉話題。那麼想要把想法解釋清楚，可能對他人而言，實在無謂。

女生依然拿出正向的一面：「哈哈，雖然聽起來很奇怪。這有可能是個小商機吧？你連這樣都替他們想好了。」

「畢竟我想關心所有人……和生物。」

「嗯……你算聖母心了吧？」

他暗自思索：自己這樣比較像是偽善吧？但他不想在這問題上糾纏，只想破除尷尬。

他以誇張的語氣，配合手刀下劈的手勢，煞有介事地說：「等等，我是菩薩心腸。我希望你不要叫我聖母，我是菩薩。」

「哈哼哼……」Lily 笑了，也許在她心裏會覺得，這個男生想事情還挺特別的，然而就算是這樣，也並不會有甚麼用，不會加分。反而努力去幽默的樣子，應該帶來少許「同情分」。

Lily 說：「你這麼大愛，真的可以嗎？」

「世上有人無緣無故地使壞，那有人無緣無故地行好，不就剛剛好嗎？」殷石楠很順口地說出了這句話。

「哈哈——好像挺有道理的。」說完後，她喝一口飲料，同時在思考說些甚麼話。喝完後，她說：「為甚麼你這麼天真？」

楠細想了一會兒，該怎麼接這種話呢？要趕快轉話題了，就半開玩笑地說：「我是看最愛感化怪獸的超人長大的。那你小時候看甚麼？」

接下來，他們就談了很多小時候的事。或有共鳴；或感新鮮，也算相談甚歡。

楠順勢開了社交媒體帳號。他心想：用博弈論思維，女生主動需要成本，對方的收益未明，估計她就算知道我有帳戶，仍有很大概率選擇等我開口邀請，為了得到最好的結果，這方面要直接說清楚要求。

這麼簡單的一件事，他要用一個理論來支持才行。

但是開口邀請對他來說也是有「成本」的，他怕人覺得他沒有矜持，又害怕矜持過頭，說得不清楚。其實不把面子當一回事，不就沒困難了嗎？想到 Lily 是一個溫柔善良的人，他總算能提起幹勁問：「我開帳號了，現在可不可以加你？」楠能清楚感覺心臟的跳動，肺部焯熱得使他要用力呼吸，但又怕喘氣聲被聽到，努力裝作若無其事。

「當然好啊。」她回答。她拿出電話後接著說：「我們在那個軟件都加了，加其他怎麼會有問題？」

「哈哈，也對……」對啊，是在緊張甚麼？

回家後，他們繼續互通訊息。那次之後他們繼續互相關注，通訊聊天。慢慢聯絡越來越密。她分享生活經歷，他分享奇怪趣聞，到後來Keep fit、影視、新聞……發現他們的共通點越來越多。

之後又約會過一次，確定戀人關係了。

殷石楠是一個會為自己的心打預防針的人，他有想過Lily只是想拍拍散拖，拿自己消磨時間，甚至作為理財手段。但有何不可？看天秤另一邊是甚麼而已，反正他是可以接受的。更何況他相信自己這邊會有賺。

晚上他們又在聊天，正當聊到下次再約時，收到遙的訊息。

這個星期六就是他出道的日子。本來遙只是來跟楠確認一些事情，結果由楠這邊跟他確認了很多事情，又問了他很多問題。他們倆聊了一個晚上。

星期六晚上，楠在聊天室做管理員，靜靜地看遙表演。流程和表現力都沒有問題。先是自我介紹，遙以一個啡色頭髮中，幾撮髮尾挑染成金色的勇者形象的人出現，然後介紹管理員——也就是楠，以酒館老闆的身份協助勇者。楠在聊天室用文字打個招呼，然後繼續看表演。遙花一點時間回答觀眾對他的提問，最後唱了一首歌。楠聽出他的聲線很不自然，不知是不是只有他這個熟人會這麼覺得。只有一點是明顯的，就是他有新人的羞澀，不過不算甚麼缺點。雖然表現不算驚豔，也算無驚無險。

遙做多樣的直播，遊戲、雜談、主題探討、限定企劃……隨著時日過去，不同面向的他都被看到了。把完整的自己分享出去，被了解、記憶，如同得到知音，自然感覺自己非常踏實。不只作為直播主，作為人，空虛被填滿了，以往的羞澀和不自然不復存在。

一次又一次，一週復一週，日子轉瞬即逝，而且好像逝去得越來越快。

後來一個星期一，楠熟路地走進了一個私人屋苑的複式單位，皆因他到朋友家赴約。屋裏除了遙，就只有一個家傭，也對，這是星期一的中午，其他人應當出門了。只是客廳的整潔令楠從來分辨不出有其他人生活過的痕跡，不過也不奇怪，畢竟被家傭整理過的碩大空間裏面，還可以被留意到的痕跡，都已經可以被解釋為一個人留下的。還未等楠跟家傭客氣打個招呼，就被一把拉進房間。

跟客廳的風格不同，他的房間到處都是櫃子，裝滿模型的櫃、放滿漫畫和小說的櫃和等待被填入模型或者漫畫和小說的櫃，牆上貼了海報、掛著掛畫。但不知道是擺位設計得好，還是單純的「硬實力」，放了這麼多東西，還令人覺得空間充裕。

遙讓楠坐在床邊，自己坐在書檯的椅子上，在檯面拿出電子畫板，打開一張草稿，轉過椅子問楠意見。

楠只見一隻生物，在應該是腹部的地方伸出兩顆粒——應理解成雙腿，以此雙足行走、睜著巨大雙眼、口張得大大的魚。

「這是大眼金魚嗎？」

「這是鯉魚。名字叫小鯉。」

「飛刀？」

「哈哈。不要說這種低級食字梗。」

遙看著小鯉滿意地笑著說：「我要牠在直播畫面中陪著我。」

「啊……他跟你的人設有甚麼關係？」

「哈哈！我準備在自己的背景故事中加入它。」

「但你不是已經公開了背景故事嗎？」

「不是的。還可以公佈更詳細的背景故事。」

「嗯⋯⋯那是怎樣？。」

「還未決定。」

楠有點沒氣，苦笑著說：「那你先給我想清楚。」

遙撇著嘴、皺著眉、語氣調皮地說：「你甚麼時候做我的老闆了？」

「哈，免費做你的幕後智囊還不懂珍惜。」

「嘿。總之我很喜歡牠就是了。我很滿意自己的畫功。」

楠心裏想：還滿意自己的畫功？現在最大的難關是要說服人這竟然是條鯉魚。楠說：「還不如拿買繪圖板這些錢去委託專業畫師。」

「這不貴。而且，我就是專業畫師啊。我覺得畫得很好啊。我太喜歡他了。」楠笑了兩聲，真的拿他沒辦法。

他們像拍檔一樣討論著，不知不覺間，朋友的夢想成了兩個人的牽絆，那個虛擬人物下是兩顆熾熱的心。

「不過確實有很多委託別人的需要。之後我要做兼職，沒那麼多時間準備這些了……應該說有很多事是花時間也做不了的，還是得花另一樣資源。」

「你為甚麼做兼職？」雖然楠知道答案不外乎那一兩個，還是要肯定一下。

「我遲早都要找份長工的，如果要認真做好 VTuber 的話，將來花費少不了，又不知做到何年何月才收支平衡，想當全職養活自己更是艱難，現在香港只有很少例子可以做到，所以要找工作。如果我一直沒有工作，之後再找長工肯定沒有人要的。」雖然外表看不出來，但殷石楠聽後，內心是有點驚訝的，原來遙如此有規劃。可是轉念一想，朋友又不是真的白痴，這種程度的打算當然應該有。

他總是有點小看別人，可能是以前太蠢，以為別人會跟他一樣蠢吧。

遙轉為歡快的語氣說：「這些都是以後的事。有一件眼前的事要問你。」

「是甚麼？」

「直播時，你跟我開麥克風聊天好嗎？」

楠幾乎沒有考慮就說：「打死不要。」

遙說服楠的方式也很簡單，「有甚麼問題？」、「沒所謂的」、「來吧——」他就是不斷重複這樣說。

楠各種分析，還是敵不過朋友的堅持，答應了。他總不擅長拒絕，讓他真正打破心理關口的原因，主要是一個很缺德的想法：反正又沒有多少人看……

楠還是以酒館老闆的身份參與直播。他自問說話不夠有趣，又根本不喜歡說話，何況在眾人面前說的話還會被記錄下，壓力甚大。他在直播前一天已不斷想這件事，越到直播時間越坐立不安，不斷提醒自己有甚麼不能說，甚至自言自語想令口齒伶俐一點。在他的預想中，自己只有能力間中發聲和應，發揮得最好的話，表現出來就像是相聲中捧梗的角色，間中插一兩句話塑造氣氛和為笑料點睛。他覺得自己頂多做到七八十分，畢竟他只擅長壓低存在感，不懂反過來。

然而在遊戲直播開始不久，楠就忍不住吐槽一下他的操作，遙又回嘴，然後各種討論。大家都盯著遊戲看，楠也變得集中在找可以借題發揮的素材，已經忘記了緊張。得利於遙思維跳躍，在遊戲中聯想到很多生活喜好等等事情，最後效果是他們在聊天一樣。對話、畫面都令人覺得吸引同時放鬆。

楠也感到身體熱起來。知道自己狀態不錯，也為自己原來在公開直播的說話能力比想像中強而沾沾自喜，更加進入興奮的狀態。像與朋友平時一樣對話，令他減輕了很多自己給自己的不安感，楠知道只有自己的話肯定做不到，能作出突破應該感激遙。

結果整場直播下來，他們說話的量幾乎差不多。跟觀眾好好說再見，直播結束了。

完結後，楠興奮的狀態還未散去。他是慢熱，不過散熱不慢，其實也可以很快冷靜下來，只是不想而已，畢竟他難得一次熱起來。

他牢牢銘記說錯了的話、做錯了的反應，內心過份懲罰自己為直播留下小小瑕疵，但是他很清楚，結果總算是好的。

「下一次的煩惱告解室直播，你也來好不好？」

「好。」他沒有多想就答應了，因為在此之前已經想得夠多了。這種談話類直播是常做節目之一，每一次都令楠覺得有所不足。雖然自己抗拒面對直播說話的壓力，但實在忍不住要去幫忙，何況有了經驗，令他對成功比較樂觀。不過始終談話直播的難度是高很多的。

不只難度高，也會吸引更多關注，畢竟是和觀眾交流的節目。有幸的話，直播中還要感謝一下收到的打賞。當然，這絕對是求之不得的開心事。

作為新創頻道，遙還未能在頻道開啟打賞功能，但總有其他方法的，只是要請有意支持的觀眾稍移玉步用其他網站。但對於某些人來說，多做這一步，可能就已經令他打消打賞的念頭了，畢竟有某些時候，花錢是一時衝動。幸好這個圈子中，存在一些有心觀眾，支持有潛質的追夢人，他們穿梭在很多頻道，有時解囊支持。

說來還有其他方法可以支持。有一位叫獨孤頭大的觀眾，在日本網站委託過很多畫師去畫不同主題下的遙——當然是他的虛擬形象。各種精美的圖像發佈在社交媒體上，遙可以隨意使用。這對遙來說確實省去很多麻煩，諸如做影片封面等。當然也很感謝這位觀眾願意破費和這麼用心。不過這個名字好像從來沒在聊天室出現，但反正很多人都默默看而不會留言，或者用了另一個名字，這就是網絡保護私隱的特點，也帶來了神秘感。

幾天之後，直播時間。遙作主導，先正式介紹楠登場，因為他人物設定是「酒吧老闆」，自從觀眾稱呼他的機會多了，他就被直接叫作「老闆」。遙也這麼叫他，感覺就好像是他當了遙的老闆。也就是遙替自己找了一個老闆。

有觀眾問到，他們可以跟即將考 DSE 的自己打氣嗎？他們便聊起 DSE 的話題。

殷石楠：「我覺得 DSE 真的玩死人。尤其是說話卷，演講、辯論、說服、談判……完全不同的類別有完全不同的技巧和邏輯，混合在一起，不是考起人就是玩殘人。甚麼都想考，甚麼都要人懂，卻令人甚麼都分不清，腦子一團漿糊……如果目的是考驗表達能力，那由限定題目、時間，至到與甚麼人進到同一間房，就充滿運氣成分，這樣的考試真的適合嗎？有些題本身也是愛怎樣就怎樣的問題，背後是價值觀的衝突，那考官自己的價值觀不也決定了很多事情嗎？就算你說希望考的是學生的思考能力，但現在卻是要人為了考試訓練話術，就不是那一回事。說起來，如果真的要訓練思考和表達能力，為甚麼不直接學習批判思考和邏輯學？明明在其他科『陰啲陰啲』『攝』來教，為甚麼不光明正大，有系統地教？不要說太難，可以只教入門，或者作為某些科目的基礎訓練。而且明明某些科的難度就超越了這些思考課，例如數學，如果說數學已經兼具邏輯教育的話，那麼邏輯明明是數學的基礎，可是我們從小學開始學數學，到了大學才有機會接觸邏輯學，是為甚麼？要學生研究問題，連思辯的方法和知識也不系統地教，那研究條毛！」

雖然他說的話有令人感到怪怪的地方，但是因為一口氣說了很完整的邏輯，一時間令人難以馬上向他挑毛病——主要是不想花那麼多精神投入進去研究他的問題。

遙只好用另一個角度提出宏觀一點的想法：「我覺得平時喜歡讀書也好，不喜歡也好，現在一樣來個最後衝刺，當作是燃燒青春吧！」楠聽到後，明白遙想將討論拉回來，暗自後悔自己剛才太具體地抱怨太多了。現在以接近遙想要的層次再說自己的想法：「我反而覺得挺好的。你會怕就代表你還有得救，沒得救的人根本就不會困擾。而你越怕越好，最好嚇到你大徹大悟，下年努力重讀，甚至以後都變成一個努力精進的人，那這次經驗就算是最有價值了。記住只要一日不死，一日都有機會翻盤，現在帶給你的衝擊越大，將來越會成為你的養分。總之，DSE不是終點。」

那時候，他們還未知道這種討論能為他們帶來甚麼。之後他們說了一些吃喝玩樂、日常趣事就終於收工了。

過後遙發來一段影片，附加的訊息說：「我們一下子被更多人看見了！」影片是剪輯出他們討論的精華，包括殷石楠那一大段抱怨。對楠來說，有意外的地方，也有不意外的地方，意外是：「能引起人」一起吐槽考試；不意外是：能引起人「一起吐槽考試」。雖說那觀看數放在互聯網的海洋裏，其實也不算多少，甚至可能被人嘲笑，但對他們來說，有這個數已能勾起他們無限對未來的暢想。

楠自信了很多，甚至因如此小事獲取的自信好像多得奇怪。不過放心，楠始終是一個悲觀主義者，他才不會因此沾沾自喜。還好他是一個經常觀察自己內心想法，提醒自己不要自我中心的人，他能及時察覺外在因素對他造成的影響。對他來說，自我價值始終不能依賴別人的認同，所以他盡力壓制自己對這種感覺產生過分的喜悅。他提醒自己把這種滿足化為追求，成為真正的智者養分，而不是誤用來維持他是翻手為雲覆手雨的巨大幻想。

直播過後，回歸生活，楠在研究美容產品。從功用、不同牌子、不同系列、甚至了解成分和如何產生化學反應，配合價錢乃至外觀，再到門市看實物，精挑細選，就為選一份合適的禮物。不過到最後他也不知道「好禮物」是不是真的是「適合的禮物」，只能希望自己想的沒錯。

這天楠早到了，在離地鐵站出口十多步的公園花叢旁邊等著，久違地照一照陽光。等不到一刻鐘，就見女友 Lily 走過來。她穿著的長T恤遮掩短褲，像沒穿褲子，帶著斜孭袋把胸口分開。她快步走過來，算準距離跳一步，迅速出手捉住楠的雙手，說：「抓到了！你剛剛在看我胸吧！」

「那……那是因為……面積太大……視線很容易掃過……」Lily 瞇起眼睛笑著湊過來小聲說：「不止。體積也很大喔。」

「噗呼！」楠假裝漫畫式噴水，反應非常誇張。那不是代表否定她說的，因為事實不容否定，又不知作何反應，當大家是說說笑就過了。

他拿出禮物，邊說：「送給你。」

「多謝——維他命C精華液？為甚麼是送這個？」

「因為維他命C美白，這是我少數有的美容知識……當然不是嫌你不夠白或者其他意思！只是你皮膚這麼白，我以為你平時會用……」

他不是懂美白，他只是懂維他命C。

「就算平時不用，你送了我也會用的。」她似乎滿意地收下了，說：「嘻嘻！送保養品給女生，你似乎有做過功課喔！」

「可惜我不懂化妝，太難了。」

「你想學的話我教你也可以。不過男人很少有興趣吧？」

「其實我也想多學一點。不過真的一點點夠了。」

Lily想了想之後說：「還是不要好了。免得你到處接近女孩子。」

殷石楠這個直男聽到這句話，不是趁機表達愛意和忠誠，第一反應竟然是好奇：「懂化妝就容易接近女孩嗎？」

「至少有一個共同話題吧。而且也感覺挺了解女性的，可以當閨蜜。」

殷石楠心想：女孩子真容易被騙。

女友像是想起甚麼，突然轉向問：「這個牌子不算便宜的，你這麼捨得？」楠老實回答：「錢花在喜歡的人身上，有甚麼好不捨得？」

他就是這樣，一旦認定別人是「自己人」，就不怕消費欲釋放。

他們隨後去逛商場，經楠的提議，又到商場外的所謂「空中花園」看一看，坐一坐。他拿了一根草，要去「撩」女友。他光明正大，抖動著這根草，手前進得很慢，嘴裏發出：「啜啜啜——」的聲音。其實他也怕女友真的被碰到會不高興，所以這樣跟她玩。她笑著說：「好幼稚啊你！」

「嘿嘿嘿。」楠的笑法是真的笑得像個孩子。其實他一直希望有個人陪他這樣幼稚。

逛了幾座大型商場，兩人消費就結果而言，還是相當收斂，一整天下來買了的東西也不多，當然全部由男方心懷樂意地付帳。雖然不多，但還算男友為女友買更多單的開端。

也算不上是一次令人印象深刻的約會，總之是懷著愉快的心情結束就好了。

兩人進了地鐵，看見兩個位置就坐下。地鐵還未到目的地，殷石楠就站了起來。他也沒走遠，只是站在女友前面。眼睛四處看，就為避開一個方向，那邊有個五十歲左右，頭髮略顯斑白的婦女走過來。她坐了楠原先的位置上。而他的本意正是要讓座。

他怕對方會好意拒絕、推搪，如此一來，開口說了話，還是不知道能否達成目的，想起就覺得累；就算接受了，也至少會稍稍引起別人的注意。不知算不算他自我意識過剩。

他認為只要站起來，別人就會留意到空了出來的位置，就算想坐也會先看有沒有比自己更適合的人，最後那個最適合的人能夠坐下，而且心安理得，因為無聲的禮讓，比有聲的禮讓不尷尬，甚至不能肯定有沒有「禮讓」存在。而且最重要的是，殷石楠不需要開口和做手語。他對於「不交流」、「不表達」，倔強到了極致。

女友見他站起來，她也站起來，兩個人站在一起。下一站到站，很多人湧入，逼得他們正面緊貼被此。暖暖的氣息吹在楠的脖子，把他因為那觸感而變紅的臉吹得更紅。楠希望不被對方察覺到自己的心跳有多劇烈，但這也由不得他控制。

「下次還是不搭地鐵。」楠有點艱難地說話，用交流去集中雙方不知何處安放的注意力。他儘量控制自己不要胡思亂想，到後來還是要儘量想東想西，畢竟這個距離的「殺傷力」太強了。

他分明是享受到好處了，各種意義上的好處，甚至令他有點食髓知味。不過他親口說出了「不搭地鐵」，那就是不會搭。即使貢獻過多大價值也好，說過不搭，就是不搭。

第三章

世上滿世事
庸人當自擾

找到雙方都有空的日子，定好了下次和女友約會的時間地點。照慣例提早告訴家人要出門。

「甚麼？星期五你要去覆診啊。忘記了嗎？」媽媽馬上提醒。

「……」他真的忘記了。他出事受傷後要定期覆診。不是骨科，手術後覆診兩年就不用回骨科了。他要去的是另一間醫院的遺傳科。事情發生後，檢驗出他骨質形成有些許問題，是媽媽遺傳的，經醫院轉介去兒童醫院遺傳科後，每年都要覆診，直到永遠。

他很少忘記自己的份內事，也許是潛意識不想記起與那場事故有關的一切吧。

媽媽說：「那改期吧。」

「嗯。打電話去醫院改吧。」

「甚麼啊？我是叫你出門改期！」

「不好吧……」

「甚麼不好？有甚麼重要的？我都為你請假了。」

楠不再出聲，讓對話完結。

在媽媽沒注意下，他走到一旁打了一通電話。回頭過來說：「我打了電話去醫院改期了。」

媽媽先是呆了一下，然後說：「你……哼！你還學會了暗渡陳倉、先斬後奏了！」

楠還在想「暗渡陳倉」用得對不對的時候，她已經迅速接受了狀況，言道：「算了吧。那改到了幾時？」

「反正我自己去就好了。」

「不行。我要和你去，你又會忘記的，告訴我。」

「……嗯，下星期三同樣時間。」

楠再「掙扎」一下說：「但我可以自己去。」

「不行，我要聽醫生怎麼說。」

「但你又要請假……」

「不管。」

這段對話一邊進行——或許有點不符合「進行」的感覺，總之對話發生的時候，爸爸和姐姐在旁邊偷笑。楠注意到他們，心想：有人笑，至少多了一點意義。

電話響起訊息傳來的鈴聲。會是誰？他拿出手機看了一眼，原來是遙。因為想嘗試直播唱歌，來向楠尋求歌單的意見。

楠看了他給的列表，覺得非常不錯，其實根本不需要向自己問甚麼。只是當中不乏較高難度的歌曲，遙也正因此猶豫，這些歌曲排列，實在很符合直播效果，而且他也很想唱，只是若不在最佳狀態的話，能唱的信心不大。

「你到時根據狀態再決定唱不唱，不就好了？」楠向朋友提議。

「其實是這樣的，之前觀眾聽過我唱歌之後，說期待我會唱這幾首。我想儘量在這次滿足他們期待。」朋友答覆。

明白了實行的機會很大後，楠邊想，邊輸入回覆：「那好吧。如果你沒太大信心也堅持要唱的話，那你降低別人的期待就好了。先把醜話說在前面，然後有甚麼問題就哈哈大笑著，承認是在預期之內，大家笑笑就好了。取決於你的表現，有可能令大家預期每次直播唱歌都會出事故，甚至變成一個直播中玩笑式的『任務』，那以後都不用緊張了。」

隔了一會兒，遙來訊息：「哈！你是怎麼想出來的？有點意思！」

楠無奈地回應：「這不是原創，你知道的太少了。」最後再加一句：「反正笑你的人多了，就代表看你的人多了。」

朋友猶豫不安的心，只能被殷石楠安定下來。基本上直播會發生的事就這樣定了。

「那就星期五直播吧。」楠看到朋友的這段文字後，迅速反應：「根據你早就公開了的本星期直播時間表，星期五是休息日啊。」

「時間表不用跟那麼足嘛。」

看到朋友這個回覆，楠發送了一個聳肩攤手代表無奈的貼圖。

遙與自己很不一樣，換在以前，自己一定不敢苟同，但慢慢因為遙而接受了原來生活是可以有另一種輕鬆的態度。

「算了。隨便你吧。」他發送。

楠還要告訴遙一件事：「對了，那天直播我不看著沒有問題吧？」

「可以……怎麼了？」

「陪女友。」他傳出後等朋友回覆。縱使實際上朋友是馬上回覆，甚至回覆得還比較快，楠還是有種朋友回覆比剛才隔了更久的感覺。

遙傳來：「你真是……」

「重色輕友？」楠搶著說。

「一個好男友。我想說的是這個。」

星期五到來，出門與女友約會，做了甚麼已經不記得了，因為沒有刻意追求一場要留下深刻印象的約會。

甚至他們都沒怎麼說過話。皆因殷石楠後來越想越覺得要看著遙，結果他一邊約會，一邊拿手機，戴一邊耳機看直播。

當然殷石楠想過女友會不滿意，不過跟女友在一起時，他的眼睛卻看不出這點來。雖然不肯定此舉動有多令人不滿，但殷石楠不怕，因為他認為他們的關係已經去到能容許他任性一點的地步了。他堅持繼續分神看。

有一部分的他，在想像朋友知道他這舉動之後有多意外。

「你太好了吧……」

他回：「不然出了甚麼事我會怪自己的。」

「你……」

「不用感謝我。我是一個自私的人，我這樣是為了自己而已。」他想像到這裏，禁不住展露笑容。雖然遙不會知道，但想像一下，還是沾沾自喜。

上次說不要坐地鐵回家，這次就坐巴士。楠在前頭先上車，帶著女友找兩個座位，靠窗的座位讓給女友，肩並肩坐下。突然他心血來潮，興奮地說：「我有一個關於坐巴士的……見解？想法吧。你想聽不？」

「好啊，你都這麼說了。」

殷石楠以全日最高漲的情緒說：「絕大部分人在上巴士的時候，如果一邊的四座位坐了三個人，另一邊的四座位坐了兩個人，都會選擇坐在兩個人的一邊，也就是少數的那邊。因為人抱著一個原則：你想附近越少人越好。這時候，你以為做了一個100%對的選擇，其實不然。」他整理一下思路，繼續：「因為有可能下個站多人的那一邊，所有人都下車，如果你是坐在那邊，就只剩你一個。也可能之後有人坐在你這邊，另一邊變得更少人……總之環境是會不斷變的。」他帶到自己的結論，手比劃著說：「也就是，其實是一場賭博。不管機率有多大都好，我想說的是，很多人覺得做決定的那一刻是對的，就是絕對正確，但你無法預見的事太多，其實很多時候我們連自己賭了一次也不知道。」

「但是我可以中途換位啊？」Lily搭一句。

「一般很少吧？通常會寧願說服自己接受現狀，也不願意站起來多走兩步，引起別人注意。這就是慣性吧。」

「是嗎？我一般都會隨意換位。我不時見到其他人也會換位。」

「哦……是嗎？」他感到有點尷尬。興致勃勃地分享了一大堆，最後發現原來自己跟他人連這麼小事都如此不同。他沒察覺，心中埋下了反省自己是否對人充滿偏見的種子。只是這棵種子並沒有那麼容易發芽，因為他在對人的看法上可是一塊頑固的石頭。

Lily問了一個似乎藏在心中很久的問題：「你為甚麼不讀哲學？」

楠回答：「當初以為自己想讀商科。反正都讀了，是好是歹，都是一眨眼就畢業。」

「可以轉學系啊。」

「哪有這麼容易。」到此對話結束。說來他確實未試過轉學系。至於為甚麼未試過，可能撇除所有藉口，答案是心底裏他不喜歡改變吧。

Lily看窗外風景。楠一直分神觀察女友，覺得安心，慶幸女朋友願意接受他、聽他說這些。他覺得自己非常幸運，遇到怎樣也願意捧著他的人。

然而他絲毫沒察覺，女友只是別過去冷冷的臉。

這邊直播非常順利，有人稱讚遙唱得好，甚至有幾個人打賞。他看見老觀眾獨孤頭大的打賞，雖然為數不多，但這是第一次在直播時間真的看見這個人出現，還是第一次打賞作為肯定，他心裏有點被觸動，多多感謝了他。

這晚不只唱得盡興，還得到別人肯定，想當然遙十分滿足。雖然殷石楠感到不對勁，不過覺得問題應該不大，原本有話想說，也吞回去了。

誰知，連殷石楠也計錯了。

有觀眾在公開的匿名社群點名批評，那次直播中，遙對打賞金額比較少的觀眾表達了更多的謝意，甚至明顯看出比收到其他觀眾較高額的打賞來得開心，也主動與他有更多的互動。那篇投稿言詞犀利，充滿諷刺和批評，迅速引起人們的注意和討論。

這件事很快傳遍整個圈子——因為這個圈子太小，訊息被傳個兩下，基本上就是大家都知道了。由於涉及與「服務態度」相關問題，事態也不複雜，連平時不太投入這個圈子的人也可以理解。

那是星期日，袁至遙和殷石楠知道消息後第一反應就是：也許世上本沒有公平，但擁有定下公平規則的權力卻不做，現在出問題了，也不算是純粹的不幸。

也就是他們首先責怪自己不妥當——儘管這不一定是事實。

楠想的是，這種事情的發生不算出奇。水能載舟，亦能覆舟，在其中的人不能毫無敬畏之心，何況現在要順的不是自然，是有意識的人。尤其是這個時代，有人不滿意就能做成很大傷害。

「原來我對你如此緊張，你卻未曾把我放在心上，而且眼中只有別人……」，「我心向明月，明月照溝渠……」心痛的感覺在大腦中的處理與真實的痛楚差不多。也許牽涉情感的工作特別容易出現問題，因為情感才是最容易令人受傷的。

好好控制觀眾的比較和妒忌心態，是很需要智慧的。當然，這是可以被做到的。用貢獻換地位、換尊重、換關係，是正當的——至少這是大家的共識，甚至可以被白紙黑字規定。最重要的是，可以持續地執行。有敏銳的人會好好設計一切，包括每一句該說的話，而他就是不夠敏銳，甚麼也沒有事先聲明和設計，才無意中令人不滿。

楠早有自己一套理論，只是這些想法楠從來沒有說過，沒有為甚麼，只是某些……應該是大部分適合發表長篇大論的時候，他反而喜歡沉默。

但作為關心朋友的人，他計劃總有一天還是會說出來的，只是殷石楠對自己的要求高，總之待他想通之後才說，就變成很多話遲遲沒有說，現在弄成這種情況，他認為自己是有責任的。

這天楠回家之前去了買熟食加餸，帶回來放在桌面上，讓父母覺得奇怪。平時他才不會這樣，應該是有甚麼值得慶祝的事情發生，但看他一臉呆滯，一點也不像好的心情。

媽媽問了：「你這麼想吃嗎？」

「嗯……」楠連張開嘴巴好好說一句也不想。其實他不是想吃，也沒有甚麼其他想法，只是想為別人做一點事情。為任何人，做任何事情也無拘，總之為某人做一點甚麼事情也好。

即使父母再繼續追問下去，他亦根本不能再回答，因為他正任憑一種無法表達的感覺操控身體，那是一種為了心靈上不難受，而使整個人變得麻木，然後隱隱約約覺得想找個人撒嬌，告訴對方自己有多沒用，卻也沒有那麼負面，甚至還帶著一點詩意。非但不會令人察覺自己不妥，甚至挺令人沉迷。只是這個狀態下，雖然他想做一點甚麼事情，但同時沒有動力做任何事情，就是這麼矛盾。他甚至連怎麼回來，到哪間店，買了甚麼都不記得了。

這是最終沉澱後得出來的結果。如果要找一個詞最適合形容沉澱之前那混雜了諸多情緒的他，大概是「愁」吧？

就在要開飯之前，他收到遙發來的訊息：「出來陪我？」看到後，他馬上準備出門：「我要出去你們自己吃吧。」

「那你買的這些……」

「你們吃吧。」

到了旺角，遙遲到了。殷石楠當然不介意，更多的是擔心。遠處看到朋友走來，走得比平時慢，眼神直勾勾地看著地面，嘴半張，神色明顯憔悴，平時的笑容也消失不見。這是楠在遙面上見過最慘白的樣子。

他來到身邊發了聲：「啊。」

楠回了聲：「嗯。」

兩人到快餐店點了餐點，相對而坐。要開始吃但是食慾不佳，看起來像精挑細選過每條薯條才放入口。楠不想主動提起，但除了這件事，提任何事都更奇怪。結果兩人用餐完畢也未發一語。

楠確認朋友吃完後，打破了沉默：「好好道歉吧。」遙想都不用想，說：「我也這樣打算，只是未準備好。」

楠心裏想，現在是非常適合喝一杯的時候，但他是不喝酒的，而且也不想朋友借酒澆愁。

「去不去喝酒？」遙發問。

「你想去就去吧。」楠只能答應，也只能希望傳聞中酒的魔力能令他舒一點壓。

可是他們根本不敢去酒吧，他們在附近找了一間有酒牌的Café。

坐下點了兩支啤酒。遙覺得難喝到面目皺在一起。楠笑著也嘗了嘗，覺得除了苦也就這樣。

「難喝也是好的……把內心的難受分一點到嘴巴。」楠說。遙一口氣喝了半支。不知道是氣氛關係還是酒勁這麼快湊效，遙終於開始抱怨，再多喝兩杯就大發牢騷了，但他怪的不是任何人，他怪的是自己。楠只是靜靜的聽著他把壓力釋放出來，適時努力給點安慰，慢慢地大家的話匣子都打開了。

遙：「為甚麼要比較得到的反應？我不明白。打賞是某種交易嗎？那是不是應該跟他們好好溝通每次交易？會不會有點強人所難？可是我又不知道怎樣做……」

「付出總會想得到回報，每個人關注的還是自己，主要是為了換取關注和存在感吧。畢竟關注是可以值錢的，你的反應代表了這點。不過打賞確實應該有存在感，所以期望靠這樣來刷存在感也正常。但是你有沒有想過，只是不符合預期的話，反應為甚麼這麼大？」

「眼看見其他人都得到的待遇，自己卻沒有得到，確實很令人難受，是我做得不夠好，是我連這麼基本的事情也沒注意。雖然從來沒有人說過這個規矩，可能這是不用特別說，人人都知道的規則吧。花錢就要拿回『應得的』，大家都這樣想吧？」

楠不忍心看著他責怪自己的樣子。

「當感情涉及金錢，是不是就會帶來某種『應得』？這可能足夠我們永遠討論下去。怎樣也好，一般來說，對一個新人應該有點包容吧？而且有所不滿的話，理性地道出自己的不滿，下次不再支持就好。但如果抱有『懲罰別人』的心態，那只會毒害自己，實屬無謂。」

遙依舊垂頭喪氣，說：「但是有甚麼感受，確實可以向大家表達自己的真實情緒。因為我而有的情緒……」

「大家知道真相後，有人同意是有問題的話，選擇和你老死不相往來，最後客觀上你會受到懲罰的。如果一切都是理性的話，那就代表是咎由自取，也不用處理情感。一但加入了『懲罰別人』的自大，那誰能保證你受到的傷害不會超過你真正所應得的？」

楠察覺到自己好像說錯話，突然緊張，加快語速：「我不是說你是咎由自取，應該受懲罰，我只是說在充滿怨恨的人眼中，就算你家破……有再嚴重的後果也都是應得的。正因為主觀是如此不可靠，所以更突出了理性客觀的重要。」

「也對，他用字真的很……為甚麼要這麼惡毒？」

「用了『著色』詞，字裏行間透露出目的是懲罰人，也是個人修為的問題。所謂修為，大概包括可以大條道理地傷害別人時，怎麼選擇吧？其實他的修為如何根本沒有人在意……還是說實在的：他不能接受，還有很多人能夠接受，他傷害你的同時，也損害了無數其他人，這個責任他會不會負？當然不會，因為他只想到自己。」

「負責任」，這也是殷石楠從來不告訴別人自己不開心的原因。他不懂得讓別人開心回來，不負責任的事他不想做，而且事情歸事情，情緒歸情緒，自己情緒自己處理。何況負能量是留給他自己沉醉其中盡情享受的。

遙說：「嗯……會不會損害其他人我不知道，但對我的傷害真是有的。」

「才不是這樣吧？」楠說。

他們用手機上網看大家的討論。

只是看到的第一條討論已經令他們展開頭腦風暴了。那是替他說話的，不過替他說話的人語氣也不太好，是怪那位觀眾自己甚麼都不知道，不認識那個老觀眾和他做過的事，在這裏小題大做，然後有人反駁，做個觀眾而已，為甚麼要知道這麼多？是不是要自行細數雙方以前做過的事來比較貢獻度？

遙一開始不明白這是甚麼意思，為甚麼會扯上「認識他」和「貢獻度」。但像殷石楠這種心眼多的人一看就明白。人情世故，一要看階級有別；二要看親疏有別，那麼就有「認識那個老觀眾和他做過的事，就自然心服口服」的說法。遙不只不知作何回應好，連作何感想自己也不清楚，只是覺得有人跳出來反駁一點也不出奇。

朋友不知應有何想法，但殷石楠想的可多了。

有件事雖然他早已猜到，但仍然必須問清楚，現在就是機會把一些話跟遙說：「其實你是怎麼看待觀眾的？」

「嗯……我從未試過如此受人重視，也從未試過如此把別人的快樂當做自己的快樂。那種有人對我有期待的感覺，雖然有壓力，但是每次想到觀眾會來看我直播，我都很開心。他們可能已經是我生活的意義。」

遙拿起酒杯，但沒有要喝的意思，就是擺弄一下，分散一下注意，令自己沒那麼尷尬，一邊繼續說：「我是真的把心拿出來交朋友的。」

楠點點頭，他聽到的是他早就知道的事情，他拿出最後的幽默說：「那麼直播就是大型好友交流現場？」

「嗯……算是吧？」

他們都輕輕笑了一笑。遙笑是因為不知還有甚麼好說。楠笑是因為有話還在想怎麼說。

殷石楠說：「你有聽過甚麼是『鄧巴數』嗎？總之心理學說啊，人類的能力只能同時與 150 人保持人際關係……」楠平時一邊思考時，只會看著人身體說話，而現在他卻正眼看著遙雙眼說：「你知道我想說甚麼了嗎？」

輪到遙把頭微微垂下，停頓了，點了點頭，說：「嗯……不……根本沒有 150 那麼多人跟我做朋友，就算真的滿了，那麼就會沒有其他觀眾來看我嗎？不會吧？」

楠努力去思考。可以作為根據的只有他自己，但他覺得這就夠了。他相信人人都具備所有人性，那麼觀察自己就可以洞悉所有人性，而他向來特別擅長觀察自己——這點是經過「認證」的。他為了準備將來在辦公室政治中保護自己，看過現代人之外還有縱橫法家和酷吏寫的書，而他從中肯定了自己「推己及人」的能力——因為他早從自己身上了解到人性的弱點和如何把人拖進黑暗，書中寫的對他來說都只是廢話。正因如此，現在他認為自己能看透別人的內心。他對人心有自己一套看法。

「可以有不打算跟你做朋友的觀眾，但是當每個人都對你熱情，不夠熱情的人會認為自己是多餘的；當每個人都是你朋友，不夠熟悉的人會認為自己是多餘的；當每個人都默認了親疏有別，沒有被你看見的人會認為自己是多餘的；當有人能讓你哭、讓你笑、讓你暖心、讓你痛心，自問自己不會是那個人的人……」

他停了一下。心裏想：「他會找到還有最後一個方法在你生命中留下痕跡，就是在你的心捅一刀。」他心中生起一股無名的熾熱，他清楚地意識到不應該，但有時也沉醉在這種感覺。他是理解「寧願做傷你最深的人」和「得不到就毀掉」這些危險心態的人，更是能若無其事走過來，做一下動作毀掉人下半生的那種人。至於決定毀掉人多少，就單純取決於他「自我」的破洞有多大，而他的「自我」偏偏又很容易受傷。所以恰好，他能利用這點，反過來意識到所有危險。但這些話是不能說的，會嚇到朋友，會嚇到所有人。現在表面淡淡地說：「他會想：如果某一天我離開，你也能為我哭就好了，但我配的，只有默默離場，然後被忘記……」

最後這一句也著實搖動了遙的內心，縱使他覺得好像已經不是在討論自己。卑微、受委屈的角色是殷石楠最擅長扮演的。其實他也不想擅長，如果可以的話，他也不想明知有點離題也如此想要說出這句話。

楠話鋒一轉：「階級有別，親疏有別。你說的『朋友』，會考慮『階級高低』來交嗎？是不是看貢獻？身份？利用價值？資歷？你的『親疏』又是怎麼分的？社交嗎？共同經歷嗎？共同愛好嗎？你喜歡怎樣就怎樣嗎？如何能跟你做朋友、提升親密度的渠道甚麼的，應該要說清楚吧？甚麼都模糊不清，唯一清楚的只有別人在意自己在你心目中佔多重分量，比較在你心中排名的位置，那不出事就怪了！你真的要做的話，就好好地做，不要一切都要人『估估下』，不然的話會埋藏很多禍根的。」

很現實。殷石楠在這方面現實到有點可怕。

其實楠知道，與少量觀眾緊密聯繫是完全可以作為一種選擇的，事實上很多人都這樣做。畢竟這樣做下去好處更大也說不定。只是遙沒有想那麼多，默默地走了這條路而又做得不好而已。

但是殷石楠的腦袋一旦進入了「解決問題」模式，思想就變得死板、鑽牛角尖。他說要消除「估估下」，也不是故意要強人所難，只是一心覺得既然是營業的話，就不應有曖昧的地方，也不想想可能曖昧是一切成立的基礎和有趣的部分？說來其實這是殷石楠自己對整個世界的心願。正因為他內心的深淵太大，他認為如果世界儘量淺顯簡單就好了。但很明顯，會怪異很多。

這也說明了他對這個圈子的理解：甚麼都可以發生、只要說清楚就甚麼都能被包容。

楠繼續：「我是想說，如果你自己都搞不清楚，別人更加搞不清楚，那小心會出現不只社交會遇到的煩惱，而且這麼多人，還是以你為中心……社交倦怠這些就不用說了，一旦你稍為展現出差別待遇的話，是不是要人猜測『聖意』，反思怎樣能令你喜歡？如果有人眼看你和其他人更親密而自己不得其法，吃力不討好，沮喪甚至惱羞成怒的話；如果有熟人估據了其他人跟你互動的空間的話；如果有人自恃跟你熟絡耀武揚威的話；如果有人覺得其他人『不夠份量』與你太親密的話；如果你必須在兩個人中做取捨的話，你有能力把控這些場面嗎？你需要我繼續說下去嗎？再說下去，我可以說到你哭出來，你信不信？」

殷石楠是一個不勇敢的人，他很保守，他想的永遠先從「保護」和「避開危險」出發，而很明顯，在他眼中甚麼都很危險，因為他自己就是一個危險的人。他說的那些情況都是源於他自己平時會有的想法，而其他人是怎樣，跟他如何不同，其實他不太清楚，但「遠離自己」，就是屬於他的生存之道。其實像他一樣脆弱，同時又忍不住要走出來改變世界的人，沒哪麼多……吧？

遙呆若木雞，毫無回應。其實是他從來沒有以人性的角度想過這些嚇人的情況，被嚇到了。但楠見狀，以為他心中毫無波瀾，繼續說：「再說現實一點的問題，你要儘量取你有限的朋友……」

「不用再說了！我明白了！」遙終於受不了。他已經一秒都不想再思考這些了。

聽完楠看似中立地分析了一大堆，入世未深的遙還未聽出，其實楠並不是中立的。先不說他撇開機率，用最壞後果來嚇人，光是從他選擇說出的都是負面信息，對有甚麼好處隻字不提，理應就知道他的立場其實是不支持朋友繼續走這條路。不過楠確實從未想過扮演中立的角色，畢竟他不相信存在所謂的中立。他認為不可能確保正反方觀點的說服力一致，可能多說一句，想得深一層，他的說服力就偏向一點，那就不算中立了。所以既然他自問自己做不到中立，就不如擺明車馬。

他就是不明白朋友現在需要的，是去了解不同的想法。「儘量」保持中立才是他應該做的。

楠：「如果你自問做不到，就從一開始不要給人任何盼頭。你想不想對自己的路線作改變？」

遙明顯已經動搖得想找東西捉緊，又不知應該捉緊甚麼。遙問：「如果改，可以改成怎樣？」

殷石楠得逞了。不過他確實有他的原因——怎麼會沒有？他做事最講理由——即使是編出來的也好。除了因為他不相信遙能做好這一切之外，更因為即使與具體的人接觸時他是如此冷漠，他這種人還總是想顧及每一個人的感受。他這種心態嚴重到，甚至會忽略這不是他全權負責的範疇。他亦不知道甚麼想法才是多數、其實對大家都最好的關係是怎樣。他就是管得太多，但又不是真的了解別人。也是，他根本不覺得要去了解，只是覺得沒有比他的意思更好的選擇。

但至少他不是個會提出問題令人困惑之後，不負責解答問題的人。

「先不要誤會啊，其實，也有人是抱著凡事隨心做就好的態度，你就有點這樣的態度。但有人隨心，到某些時候就會有某些人不開心。看遇不遇到那些時候和那些會不開心的人而已。當然，也可以選擇不理他們，那些不高興的人自行離開也是正確，但是就要看無法滿足的人佔多少部分，也許有人是因為真性情而被吸引，甚至成為忠實觀眾。無可否認在現在這個圈子裏，有自己特色似乎更重要，反正扮出一副『專業』模樣也不代表能擴闊觀眾群；但在你的個案來說，現階段還是前期要給人留下好印象的階段，可任性的空間可沒那麼多……」他早已經得逞了，這個時候才來扮客觀。

他要開始了。他說：「強調『貢獻度』又會有人反感，光是看『社交能力』又會有人反感，那不特別強調重要性之下，『對貢獻有基本反饋』和『有限度的社交』可以嗎？這應該就是其他 VTuber 的處理，儘量對每一個人平等就怎樣都錯不了。嗯……

是平等還是公平呢？兩者可不一樣。我想說，至少確保任何人為你做了一樣的事都得到基本同樣的待遇，你自己沒有規定的，就預設不能做，一旦做了就要對所有人持續地做⋯⋯」一邊說，心裏不禁想：為甚麼總會遇上只有很少人會遇上的問題？然後想到自己的人生，不禁嘆了一口氣。

其實他所說的都是非常基本的事情，但「基本」代表「重要」，既然是從頭開始去建立，那殷石楠就想鉅細無遺，畢竟他就是個想一切都盡在掌握的人。

總之他向這個方向為朋友想應該以甚麼原則行事——世事就算再複雜，都只是一條條的原則，像候鳥群能組成千變萬化的陣式，都只是因牠們跟隨幾條簡單的原則。他不斷這樣推下去：「每當這般這般，就這般這般；每當那般那般，就那般那般⋯⋯」

遙聽著，心裏不是滋味。明明是人與人的交流，現在變成冷冰冰的計算，好像把人變成一種可以擺佈的客體。

殷石楠捕捉到他的情緒，但是不管那麼多，只覺得任何需要苦心經營的事情，都總免不了不近人情的時候，尤其是當涉及金錢，至少公開要這樣表現。俗語說：「慈不掌兵，情不立事，義不理財，善不為官。」殷石楠畢竟是商科出身的，定這種守則比較適合。

「我還是不覺得……」遙面有難色：「我覺得……不用變……那麼多……」似有話不知怎麼說：「沒有……」

殷石楠說道：「那至少，你應該想儘量避免有人過分關注你的種種舉動吧？你又不是想得特別詳盡的人，讓人有了成為親近你的一份子的盼頭，這可是會為你添上許多你沒想過的期望。這樣的話，對你會是一種壓力，你也不想某一天被一些與你『真正的』直播內容無關的事拖垮你吧？」遙情緒低迷，流露出意有不平，但依然說：「是……比較好……吧？」

「如果他們的支持只是為了鼓勵你繼續這個 Project 以及純粹的心意，是否簡單很多？首先第一步，你要把自己和這個 Project 分開一點，才能多一點客觀。這樣也令你減少看待自己所呈現的一切的盲點，才能方方面面塑造風氣，情感、語言、文字複雜得一言難盡。對大局要有意識、操作要有原則，但也只是能確保最基本的運行，不能帶給人最精確的『感覺』。要做到無時無刻、無孔不入地讓人接收到自己想表達、塑造的『感覺』，應先由心態入手……」反正殷石楠自己相信心的重要。

他繼續說：「不是說要完全把自己抽離，只是要比起你現在多分開一點。除了自己對身份的抽離，你和觀眾也要抽離一點，還是那句，不要完全抽離，心與心的連結當然是好的，反而太疏遠的話，他們去看外國的 VTuber 就好了，我們本地的 VTuber 就是要較親近一點。建立自己的圈子完全沒有問題，跟接觸更多的大眾一般不衝突，只是，照你這樣順從自己的慣性的話，到某程度就可能無法兼顧……」

遙順著問：「到甚麼程度？」

楠回答：「當融入不了『群體』的人再無法感受到純粹的快樂時；當只有能力滿足你物質需求的人，看不見滿足你情感需求的人需要付出成本時……你真的需要問這個問題嗎？這不是應該從小就知道的事情嗎？」不管對不對，反正這些都是殷石楠現在真心認為的。

「噢……」遙有一絲哀傷，不知道有多少是為殷石楠感到哀傷的。

「至於到底是怎樣、你又要怎樣，我不知道如何告訴你。表演者不能只像表演者，更不能不像表演者。但要再說仔細一點，那就很難……我只能以後看著你，把你往回拉一拉——如果你讓我插手你的事的話。」有些事情雖然楠自問掌握了，但還未想通如何有系統地教人同樣掌握。沒辦法，這就是教人的難處。本來就不容易，更何況現在談的是尺度問題，他又不是孔子，怎麼會有信心把中庸之道教好。

遙說：「我也只能靠你看著我了不是嗎？」

他們都點了點頭，然後雙方都若有所思。

楠正在檢視這次對話，他是如此關注自己的所有「表現」和「成果」。他為朋友想好，安排好一切做法，用盡話術等各種手段確保朋友跟著自己認定的路線走，還可以無時無刻都插手朋友的事——他確實會這樣做。他想起了那個人——自己的媽媽。

沒錯，就是這麼看似無緣無故的一瞬間，他突然驚覺自己不就是比媽媽更過分，一個妥妥的控制狂嗎？而且是把自己看世界的方法強加在別人身上，要把別人變成自己的控制狂。他終於發現這一點了，自己再一次成為了本來以為不會成為的人。

「他不能接受，還有很多人能夠接受……」這是殷石楠說的，而他卻不懂說給自己聽。

但事到如今，也只能這樣下去了。

遙沉下臉，眼半閉，看著檯面。看見朋友這樣子，楠開始怕，如果自己的想法是錯誤的話，會害人不淺，努力檢視自己的想法有沒有問題。他說：「不過其實網友有很多種，定義很廣泛。不用非常親近？某種網友之間也是可以算「朋友」，同時一視同仁，可以多於 150 人吧？所以也不是叫你拋棄朋友，不用擺出這副樣子。是我太……不靈活、開放……」

後。」

「嗯……」遙雖點著頭，但表情並沒好轉。接著說：「只是我不知道還有沒有以

然後遙提到一些「勸退」他繼續做下去的意見。遙顯然是認真考慮過的。他說：「這次事件只是很小的因素，可能加上剛才一些帶給我的觀念上的衝擊，但最重要的還是成績……」

楠趕快說道：「成績不是剛剛開始好起來嗎？」

遙答：「就是因為好了一點我就沾沾自喜，反而提醒了我自己的極限在哪裏。」

遙看著酒杯裏的酒，說：「我實在想像不到自己真正成功的景象。我知道自己差太遠。跟別人比差太遠，跟自己的標準比也差太遠。」

「唉……甚麼叫『真正成功』？又重要嗎？」楠喝了一口，停頓一下後說：「廬山煙雨浙江潮，未到千般恨不消，到得還來別無事，廬山煙雨浙江潮。」

「甚麼意思？」

「叫你不要……算吧。你有你自己的想法。」

殷石楠現在察覺不到，自己說出了和以前的想法不一樣的話，就算察覺到，他也不會馬上明白是為甚麼。

然後遙全身放鬆，癱在沙發。說道：「也許我不應再發夢了。我一直抱著自己的初衷，但可能從一開始就是錯的，你說呢？」

楠本覺得放棄也未嘗不是一件好事，但看著現在朋友這樣，只覺不應這樣放棄。「勇者」不應以這種方式倒下。他說道：「初衷就像親人，終會離去，你必須接受但你不能忘記。」遙聽後黯然地說一句：「Sad but true。」接著又喝了一大口。

「不。你不明白我在說甚麼……這樣說吧……」楠放下酒杯，再說：「這是你成長的機會。成長就是不再天真，是由對世界失望開始。努力不一定就成功，正如好人不一定有好報，正義不一定會勝利。但接受這一切，做好現在，面對未來，才是勇氣不是嗎？你現在出道還算短時間，看不到未來很正常。保持希望走下去，以此作為我們的熱血，好不？」

遙停了一會……他微笑一下，然後說：「你這番話，在哪裏抄回來的？」

「抄你個頭。這是很多人的想法，很多人，在很多地方說過類似的話。最多算是被啟發吧。」

遙弄了弄桌面的牙籤盒，斜眼看楠說：「但我覺得你說得最好。」他笑了。殷石楠也笑了。

而已。

殷石楠覺得自己安慰人並沒有如此大的進步，其實只是朋友想要有人來肯定一下

有很多事情，只能接受可能永遠無法達到，而儘量去做。包括他現在的安慰也一樣。惆悵，痛苦，沒有誰的鏡像神經元能安慰；沒有人能真正理解另一個人，但是儘量去做，還是有意義的……想到這裏，殷石楠突然起了雞皮疙瘩。他有如自己打了自己一巴掌，有些頑固的地方被打通了。

楠很快回過神來，向遙問：「話說你的初衷是甚麼？」

「哼嗯……」遙稍稍抬了抬頭，露出了楠想不起有見過的眼神，從眼神中看到的，是有些懷念，有些感觸。

「天邊那平凡、暗淡的星，也能是宇宙另一邊某人的太陽。」遙空虛的手去擺弄著酒杯，看著搖曳的酒，微笑道：「也許我變得越來越像你了。」

楠也微笑了一下，輕點一下頭。然後又再收起了笑容：「不……並沒有。」

「你這個有夢想的人，怎麼會像我。」

楠也連斟好幾杯。到這份上，陪朋友喝不只是一種責任，也是自我抒發。他確實不乏傷心和內疚。幾杯下肚後，後來的事就只剩下模糊的記憶了。

一晚過去。楠在一張與平時不同的床上醒來。他半睜著眼看到左邊的房門上掛著的一幅掛畫，馬上清楚這裏是遙的房間。遙停看手上的漫畫，從書桌轉頭說：「你終於醒了。昨晚你的媽媽打電話給你，我替你接了。我如實說你喝醉了，你在我這裏。」

家人知道遙是一個可靠的人。殷石楠早就談及過朋友的事——儘管他是那麼不愛分享。總之家人們似乎因為他有這個朋友而放下了很多憂慮。而且這並不是第一次在朋友家留宿。話雖如此，放任喝醉的兒子打擾別人還是有點奇怪。

「他們不來接我？」

「我說不用的。我本來想等你醒了，我們再聊點甚麼。不過現在不用了，我想明白了。」

「你可以靠自己想明白事情的嗎？」

「仆啦你。」

「嘻嘻……哈哈哈哈……」兩個人相顧而笑。

楠努力回想，只依稀記得昨晚好像有女生過來，不知是搭訕還是關心他們，然後被自己趕走了。除此之外沒有對任何事情留下印象。他沒想到自己比遙更早醉，遙也沒有嘗試到酩酊大醉的感覺，甚至如果真的有女生來搭訕，可能他還阻礙了一些重要事情發生。他懷著極不好意思的心情說：「本來是要讓你抒發的……今晚買酒回來？大家都可以醉。」

「不要了。」遙想了一下後說：「話說昨晚你罵老闆娘超好笑。沒想到你喝醉酒後是這麼放飛自我的。」

「……原來昨晚的是老闆娘啊……我要去道歉了。話說怎麼會好笑？」

「你說了一大堆很亂七八糟的詩詞還是成語，無人知道是甚麼意思。老闆娘都笑了。」楠背了過去，遮著因尷尬而紅透了的臉。

他轉回來說：「那……昨晚不好意思……」

「不用太內疚，喝醉之後做甚麼也不是你能控制的。」

「我又未去到內疚的程度……總之麻煩你了。」

「無所謂啦。朋友之間本來就是你麻煩我，我麻煩你啦。」

「嗯……」

「說起來這好像是第一次我能為你做些甚麼。你從來都不麻煩我。」

「……」

殷石楠又再陷入思考。

「你在想甚麼？」遙問。

楠嘴上跟他說：「那你決定怎樣做？」

「開個直播道歉吧。就明晚。」

「好，你需要我跟你一起寫道歉稿嗎？」

「其實我都大概想好了，只是未寫，想到咖啡館寫。你想現在聽一聽嗎？」

楠直接回答：「其實我今天是約了女朋友的……」

「是啊……」

然後楠馬上說：「明天早上可以。」

「明天早上是指過了今晚十二點嗎？」遙不知是真問還是假問。楠苦笑著說：「那是凌晨……」

「哦……那深夜呢？深夜和凌晨怎麼分？」

「……」楠無奈地說：「話說你這不是知道不算早上嗎？那就一於今晚十二點跟你通話？」

「好啊……是今晚十二點還是明天十二點？」

「……」

楠梳洗後準備離開朋友家。臨離開前偷偷地摸了他的電腦，是十分冰冷的，剛才也不見他拿手機。

這時候遠離一下爭議也是好的。楠自己就是長期遠離爭議，因為他不想花工夫改變人，也沒對他人的想法沒興趣，更重要的是，他知道要說服人是不可能靠爭論的。雖然他不認同莊子說「沒有必要分善惡對錯」和否定「辯論的作用」，但是他作為對辯論有所了解的人，對「飾人之心，易人之意，能勝人之口，不能服人之心，辯者之囿也」的現象，很多時候——尤其是在網上，還是必須認同的。

何況實情是更多人是僅僅為了宣洩負能量。然後接收到別人的負能量，負能量不斷流傳，最後根本沒令任何事情變好。他不想把時間花在不能為自己帶來任何得益的事情上。而且他相信身、口、意要管好。業力是可怕的，儘管他也不是完全相信，但他喜歡這樣想。世上的負能量總量越來越多，遲早把整個世界打包帶走，所以他不打算勸告朋友不要封閉自己，把自己留在房間裏聽起來很差，但如果那是世上僅存的一片淨土呢？

但不對。殷石楠轉念一想，想清楚這套不適用於遙。

可惜人間並沒有淨土。逃避可能暫時有用，但不能逃避一輩子——如果可以，一開始就不用這麼困擾了。反而他需要追趕時間，盡快振作，然後不管是好是壞，也先搞清楚自己的想法。現在遙需要的是另一種調節，是注入正能量的調節。

「送你一首歌……」他說了首特攝劇的歌，但他不是真的會唱，只是這麼說而已。

「哈。太老了吧。」

「老算甚麼問題。」

楠離開了，去見女友。途中當然不可能放鬆甚麼都不想。

看著遙這樣，他開始明白VTuber對遙來說代表甚麼。頻道是他的，觀眾眼中不以為然的一切也是他的心血。遙有表現自我，甚至有公開拿別人開玩笑的話語權，但其實他最怕的是，觀眾連挽留機會都不給，就離開的沉默權。而在很多輿論場上弱勢的一方又會更容易變得有力。所以說雙方在不同情況會有不同的優勢劣勢，也算是另一種形式的對等。

但可以肯定的是，只要有一方比另一方緊張，對等也會變得不對等，不對等會變得更不對等。這段不對等的關係，現在就是他無力的時候。

楠把自己的想法記錄在手機：「這段關係有『虛』有『實』。有人看不到『實』的部分——諸如以前的自己；也有人無視『虛』的部分，顛倒夢想，然後愛之欲其生，惡之欲其死。某天那個自作主張的幻想破滅，後悔自己被騙了，那純粹是從一開始就是一個誤會……」

「來了。等了很久嗎？」女友問。

「嗯。」

「如果想受到一個關係親密的人重視，做得到的話，就真的去找……」他剛打好這句，就趕快把其刪掉，生怕這句在手機多出現一秒。有時他明知一些話不能說，還是不知為何想說一次。很危險。

「如果有人保證你的幻想不會破滅，選擇去相信又何嘗不是一種賭博？但是願意去相信這是永恆，而不是一場對於『信用』的賭博，那也是他們的勇敢——除了不知道自己就是在賭的那群。像巴士上選座位時，以為現在選的位置就是最好的位置，但知道應該轉位時卻又離不開，那當初做選擇的時候就不要小看這次選擇的重要性和未來的隨機性……」

「你在打甚麼？」Lily問。

「沒甚麼。」

「但勇敢歸勇敢，現實歸現實。世事本無常。如果真的有實質的保證（不會有吧？），那破滅後可以名正言順索取賠償；如果是人格的保證（真的有的話），那就是大家最開心、期待已久的，讓其承擔道德責任，但不代表給了人不道德地懲罰人的藉口，道德譴責不能不道德對吧？如果沒有任何保證，那就願賭服輸好了。」

「我們去看電影吧？」女友說。「好。」

殷石楠快速買好戲票，快速交給女友，快速拿手機繼續寫。在樓下商場閒逛十分鐘，到時間進院時回戲院，他沒留意電梯方向，差點跟人撞到一塊。

「喂啊！小心看路啊。」Lily 提醒完之後走在他前面，手向後拉住他衣服帶他走。

他全程並無被電影吸引，都在想事情、用手機。他也不太想在放映時用手機的，畢竟可能會干擾到人，但有些事情不馬上記下不行。

他終於把一切整理好。但去到發佈出去前，卻步了。他重新檢視自己的文章，一遍又一遍，改了一點，又改回來，刪了一段，又加回來。到最後告訴自己，還是遲些再算。

他相信文字的力量，也害怕任何人對他的言論的反應，包括贊成。他不知道自己的言論會把人帶向一個甚麼境地。最後他說服了自己：他是關聯者，就算無人知道他的身份，也不太恰當。何況自己一出手，可能就會掀起更多討論，這件事就完不了。

到最後殷石楠都沒有站出來說任何話。打了這麼多字，就純粹作為草稿永遠留在手機。

世上有人把自己包裝成眾人皆醉我獨醒的智者，忍不住發表偉論；也有像他這樣，不斷說服自己會造成無法控制的結果，把自己每一字每一句看得很重很重的人。其實他又沒有長期經營社交媒體，又沒有甚麼人認識他，哪有人在意他？哪有人真的會被他改變甚麼？最多是覺得他很討厭，罵他兩句。最終還是他自己的自大，而藏在自大背後的，還是自我意識過剩配上脆弱的心，怕自己無法預測一切……最怕被罵。

現在他關心的人出事，也還是沒辦法令他打破這個心理關口。說到底，他對著不會反駁他的人，才敢自由表達己見。

他也不知道自己在這件事上，沒把想法說清楚到底對不對。他昨晚才發現自己距離成為控制狂已經只有一步之遙，這就給了他一個很好的理由去放手。反正遙已經決定會行動，就交給他自己吧。

但其實那個所謂「理由」，再怎麼說，也是藉口。他現在想控制的，是別人對他言論的反應，知道做不到，他放手了，卻代表控制欲仍然在。

所幸的是他還是能為朋友做一點真正有益的事情。但在此之前還是先給女友她應有的關注吧，不然這邊會比朋友慘得多。

他們進了一間甜品店。楠想好好解釋自己的行為，但好像一直都沒有機會。

「網上的人批評得好厲害。真的有那麼垃圾嗎？我覺得爽完就夠啦。」Lily 邊看手機邊說。

楠根本不知道應如何評價這電影，因為他幾乎沒看，就只能說點廢話：「人為了證明自己有品味、知優劣，花盡心機。又總陰陽怪氣，想把自己的喜好滲透他人，又怕別人一句否定，把自己的品味等同於自己的價值的人不在少數，不論甚麼也絞盡腦汁找出最『高級』，最能證明自己品味的一方，說到自己很有要求，為的是賺取一點優越感……同時又要別人認同，見縫插針要找同類，卻有意無意中連品味都要統一……」

殷石楠好像突然開了甚麼開關，停不下來：「不，也可能是平時沒有甚麼權威，只好『權利』當『權力』，抓緊機會發作。可能他人生活中，處處期待別人犯錯，這就可以讓自己說話大聲一點，斥責別人，找一找威嚴。退一步說，他們說的都對，那些問題即使存在，如果成績上只是小眾喜歡和關注，就不會有人說甚麼。就是太有名氣就有人覺得與其實際水平不相稱。」

他知道自己的思路混亂了點，可能大腦用太多能量了，趕快吃了一口甜品補充糖分，繼續說：「但是這種心態跟『唔抵得人成功』的心態十分相似的，別人很難分辨得到，他也很難證明。所以我建議你故意『屈』他們是『唔抵得人成功』，然後看看他們急著證明自己不是的樣子。」

Lily笑了：「哈哈……好邪惡啊你！」

Lily不知道，殷石楠無時無刻有很多邪惡的點子，不過能夠化成幽默才敢當笑話對人說。

「但我覺得因為人人都有追求『最好』的心，所以批評者才有理由批評別人。你其實都不喜歡這電影不是嗎？你全程不知是在忙甚麼。但我都覺得那些批評為垃圾的人有問題，總之不舒服。」

女友主動提起剛才他「活在自己世界」的事。楠是真的累了，累到沒有酒精影響下，也出現昨晚微醉時那種集中不了精神的狀態，竟然沒有捉住這個，解釋自己剛才在做甚麼的機會。但他還沒有糊塗到忘記要哄女友。楠決定說一半，隱藏另一半真心話：「我也覺得電影確實不怎麼樣，但反正都決定把時間花在這了，那我的態度很簡單，值票價就好。而對我來說那麼幾十元而已，看到一點未曾想過的創意就夠了。」

他眼珠一轉，滔滔不絕：「那些人覺得對自己有要求的話，就應該儘量追求『最好』。但我覺得他們忘記了一點，就是人懂得欣賞『最好』是一回事，卻不一定要喜歡『最好』。如果有人能控制自己最喜歡的是甚麼，那也只是為了表現得高尚而自欺欺人而已。所以自然『最好』並不一定是最被人喜歡的。藝術品味是需要培養，但不貶低別人愛好是屬於家教吧？（心想：只是探討藝術，不是故意貶低就好）連基本素養都沒有的人，憑甚麼大談藝術？（心想：但是理性之下人人平等，可以討論優缺點）你可以說不當是『藝術』，而當作是『娛樂』，那娛樂之間本身哪有分甚麼高低？（心想：只是要求有高有低，看符合多少要求等於適合多少人）」

殷石楠平時有很多話沒有對象和機會去說，他自以為現在是遇到了可以認真討論這些話題的機會，借題發揮，一發不可收拾。殷石楠再挖一勺雪糕放進口，未等融化，吞下就急著說：「不過一般遇到人說我惡俗也好，不分好醜也好，沒有要求都好，我都會直接說：『對，我是。就算應該追求品味，但我怎麼追都和其他人有距離，可不可以？要不要死給你看？』」

Lily 只是笑笑，點點頭。似乎覺得他已經變得情緒化，不想再聽了。

殷石楠說的這些話，不能令任何人滿足，包括他自己。他有點心虛，他根本不跟人討論這些，他也從未向他人承認過自己的弱小、不智，總之未曾甘願地把自己推向弱勢形象。他所說的那些場景和完美應對只存在於他的想像中。還未算他為了自己的話聽起來更有道理，用了一些話術。很多話他不解釋清楚就容易搞亂別人的思考，甚至隱藏了的弦外之音會變成暗示，搞亂別人的潛意識也說不定。

不過他真的怎麼追，跟「別人」的藝術品味還是有差距，因為所謂的「專家」和大眾總是不同調的。

總要打破尷尬。Lily順著他說：「你和很多喜歡辯論的人不一樣，你會以退為進。」殷石楠聽到後幾乎不用思考，馬上說：「我這樣算以退為進嗎？我是真的想拒絕溝通。越懂辯論的人越懂甚麼是無法辯的，有些人就是無法被說服，也不是來說服你的。荀子說：『辯而不說，爭也。』不過很多人樂意去做，畢竟挑戰人，令人看起來更聰明。他們就是喜歡在各個地方為自己創造敵人，拿他們甚麼辦法？」

他又表達出對於「那些人」、「很多人」、「他們」的不滿。Lily跟本不知他說的是哪些人、到底在哪裏。殷石楠整天說「那些人」甚麼，「那些人」怎樣，其實要他證明「那些人」存在，他也證明不了。他變得越來越麻煩，越來越消磨人耐性了。

不過殷石楠確實不隨便跟人辯論，那是出於他相信自己理應要贏，不屑去爭。但其實更怕自己輸。他這種人一旦輸了，午夜夢迴必定輾轉反側。他喜歡分析自己，但他卻未曾反省到，自己原來脆弱的同時比任何人都傲慢。

「你真的很喜歡長篇大論……」Lily終於不耐煩。

「對不起……」楠感到她的不滿，下意識就道歉了。

女朋友是對的，他對把道理解釋清楚有種迷之執著。

而這樣一句來自女友的說話，殷石楠也聯想起很多解釋——最重要的也許是中學時的訓練，影響他的尤其要說中文作文。所謂寫記敘抒情文都是用一半篇幅講道理作為昇華，一切的故事發展都是為了講道理而鋪排的——這樣聽起來毫不陌生對不對？

他分神去想這些解釋，聽漏了幾句女友的話。回過神來已經有點不知現在對話的前因後果。

聽到Lily說：「討論區文化也是我們的文化，爭論和諷刺社會是精粹，就像學廣東話，粗口是精粹一樣。」

雖然他雲裏霧裏，但還是急著想要做回應。部分原因是經過昨晚「儘量去做」的啟發，楠終於願意，或者說最後一層忍耐的牆壁終於被打破，去將自己的真情實感表露。女友也是不會反駁他意見的人，應該能同時承受他的情緒吧？但他似乎有點過於「真性情」：「我知吖！我們的文化就是粗口、投訴、批鬥、嘲笑、搵食和去哪裏玩嘛！

肯定好值得驕傲吧？整天掛在嘴邊強調！香港沒有其他代表文化啦！」

「你咁唔鍾意這個地方的話你……」話說到最後驟然停止。Lily收下一半火氣後說：「我們以後不要說這種話題了！」

他感到自己被誤會，選擇聽女友說不再提起，畢竟剛剛才被稱讚會認輸，不要現在就推翻，也怕女友再加一重自己死要面的誤會。現在閉嘴可能是最好選擇。

這嘴一閉上，就閉到回家。

回家後滿腦都是這場衝突，這是他們第一次有矛盾，儘管楠感到是誤會做成的假矛盾，他只想有一個機會解釋自己，但覺得現在再去提起並不是一個選項，越想越覺得當時應該馬上道歉。楠清楚感受到「事情過去了，就過去了」他多次用這來安慰自己，但現在這只是煎熬。他最怕的不是做錯事要道歉，而是做錯事後連道歉的機會也沒有，只有自己在後悔。他跟本不知道Lily會想甚麼，會不會此刻她也在想這件事？

第一次交往，對他來說是如此的敏感，不過他就算有多少次經驗這點應該都一樣。知道自己過分多想而不得不想；知道自己很不正常而這才正常。

但是他必須好好更新自己，因為快到十二點了。

他叫遙把道歉稿給他看，提議：「把你當時想甚麼坦白說出來，越細膩越好。」

其實殷石楠知道這是很輕易就可以化解的一件事。當初的那些反應和謝意是包括對他委託畫像的謝意和他突然出現的驚喜，該道歉的地方是沒有把這些在當下說清楚，這其實只是一個誤會，以後要把到底感謝哪件事好好分清楚，說清楚。

有時在幫助別人的途中，自己也能悟到不少。他自己應該跟女友說清楚當時在想甚麼。

他幫著朋友把道歉稿寫好。也把自己要跟女朋友澄清的說詞想好。

直播中，遙把一切剖白，表示真誠地接受意見。

在此公開道歉中，所有留言都清一色支持遙。更瘋狂的是，有很多人打賞，並表示「不用理我」、「不必讀名字和訊息」、「不需要給甚麼反應」等等。

雖然有點出奇，但也能明白，畢竟會特地來留言的，很大機會都是支持的觀眾。但當他們在看清楚大家的想法就發現，其實根本沒有人認為他們需要道歉。

原來是那些打賞了的觀眾們通通出來澄清了自己並無任何不滿，似乎是有人借題發揮攻擊他。加上匿名版的人本來就很多角度刁鑽的挑剔。據說是可能有那麼一班先入為主的人，把這個圈子的存在當作是原罪，引起過似乎莫名其妙的隨機攻擊。對很多人而言，還未去了解事件，在心中遙已經先贏一半。再有關係者出來澄清，這件事在大家眼中就是Haters做出的低級鬧劇。遙他們早早就遠離了社交媒體，所以不知道而已。

他們還仔細看了大家就這次「不當回應」的批評本身的想法。其實大家也知道，先不論他是一個新人，要完全計算好每一句說話和每一個反應，根本是不合理的要求，也會扼殺掉很多樂趣。更重要的是，遙有讀出打賞人的名字和訊息就算完成工作了。真的沒有人覺得他有甚麼問題，至少沒有大問題。

至於大家內心深處其實有沒有接受「階級有別、親疏有別」，或是在擁護當初殷石楠以為的那種經營模式，就不得而知了。反正有些事情只要大家都覺得自由心證的話，就沒有問題。

其實客觀上，這只是一件小事。即使在這個如此小的圈子來說，也只是小事，雖然很多人都知道，但真正放在心上的人很少，而且比這件事情更大、更值得討論的事情太多了。討論的重點又都變成了匿名版的利弊，而且也不乏安慰他和表示只是小事情的聲音，只是溫和的聲音本來就不會比其他聲音大，反而容易被無視。遙以為他聽到的觀點就是主流觀點，那只是因為那些聲音比較大而已。其實真的算不上甚麼，大家的包容度是很高的。

就算是一點點的善意、一絲絲的聲音，也足以給遙很大的力量——因為他就是這種「體質」的人。何況幾乎所有人在這個問題上都支持和鼓勵他——要是換轉是殷石楠，那麼那些聲音可是甚麼力量都沒有，但對於遙來說，當然是放下了心頭大石。

但他只放下了九成半，還必須留下半成的抗體成為自己的力量。

這件事中，最關心的可能就是遙，畢竟這個問題始終是遙自己的問題。所幸的是他清楚自己有反省，有懲罰自己，事情最後也算結束，該叫自己重新振作了。

這件事讓他們兩個重新評估「緊貼了解討論」的重要。最搞笑的是，原來最小事化大的是他們自己。

殷石楠重新評估的想法，還不只這個……

即使朋友沒有說甚麼，跟以前也沒有甚麼不一樣，但殷石楠現在仍帶著一絲尷尬。他昨晚對遙說的那些關於觀眾的揣測，就像是小人之心作祟。觀眾奉勸大家不要隨便誅心和借題發揮，殷石楠卻也都犯了之後去批判朋友。

無可否認他的身份真的是眾所周知不一樣，看到的事情更多、看事情的角度也不一樣，似乎這給了他資格去給出這種建議和批評，確實對遙心態的估計也對。但是楠已經覺得自己是控制狂，再加上其他人的意見，不禁反省，也應該反省：自己太自以為是了。儘管有些建議是好的，但不一定所有的判斷和建議都是如他一廂情願認為的一樣是「最好」，「最好」也不一定是「最適合」。雖然他的建議怎樣也算不上錯，但是他無法停止思考，自己是否不必去否定朋友。

他不是眾人皆醉我獨醒的那個人，事情大家都清楚，他就是未想通為甚麼大家都清楚，仍然如此。現在他想：還好自己沒有把文章發佈。因為光是一天，已經令他知道還有很多事情需要去了解。

他不知道別人心裏有沒有古怪奇特的比較心態和虛無飄渺的期待，但反正他是個這樣的人。任何時候心裏都有三個天秤：一個自己用，一個用於自己，一個用於自己和別人。他說自己討厭別人甚麼都拿來分輸贏，其實自己才是甚麼關係中都只看到「輸贏」的人。永遠記住自己是否受重視、被記住、有面子、被需要。最關心有沒有被搶風頭、在別人心目中排行多少、別人對自己的反饋跟第三者比如何。曾經的他不斷暗自比較，還專要拿自己輸的來比較，不輸的不重視，只沉迷在劣等感對自己的傷害。他為此命名「精神失敗法」。

現在的他，任何時候都努力察覺這些想法在腦海中的存在，盡力避開。其實單純因為他比任何人都著緊這些，著緊到一有風吹草動，內心就波濤洶湧。不盡力避開，他又怎麼忘記？不忘記，生活中又怎麼受得了？不論那個「苦主」是不是只存在於想像中，能夠對其理解和共情的殷石楠，在這個已經證明了會對遙比較好的環境中，會否某天也感到格格不入呢？

但他知道了。他知道要改變自己，同時也知道凡事只要不「過分」就好，包括將人推向某種關係也是，只是他未想通透，綜合他知道到的兩件事，也在告訴他：可以不需要太用力改變自己的。

做就做吧。

事情總算完結，不管誰，想甚麼，該完結也總會完結。至於之後再引發的熱議，過了幾天，在約會中，楠親口對 Lily 說：「我想好好道歉……」就是發生在另一邊，他們沒有參與的事了。

Lily 回應：「道甚麼歉？」

他聽到後動搖了一下。他不想勾起雙方不愉快的回憶，不知怎樣說明。

「上次我們吵架……」

「吓？吵架……啊。那也不算吵架吧？沒有這麼嚴重，放在心上幹甚麼？」

女友用手指戳一戳楠的臉說：「你這個傻仔——」

第四章

世界即世事
庸人皆世人

霞姨的喪禮在下午六時開始。殷家作為主家，要早一點到場換白衣褲上香。霞姨家的家屬和其他賓客比較晚來，霞姨弟弟等也沒打點、沒溝通、不穿白衣褲，只是回覆說會到場，並早早送來花牌。

時間過得不知算快算慢，也許在這種場合不應說快慢，如此無禮。陸續有賓客到場，殷家人都不認識他們。最記得有人說：「沒想到她丈夫走後沒幾個月，她也跟著去了……」

晚上七點多，下班時間，霞姨家的親友才來。霞姨的弟弟、弟婦，帶來一個殷石楠熟悉的女生。

殷家坐靈堂左側，他們坐右側。楠拿出手機正打算發問之際，便收到訊息傳來：「你是家屬？」

「是。你怎麼會來？」

過一會又收到信息：「銀金霞是我姑媽。」

女友名字銀淼鈴。他們算一算輩分，她是殷石楠的表姑姐。

楠表面的反應是沒有反應，但心裏默默覺得這也許是所謂的緣分。如果他不是有數量多得令他困惑的感覺同時浮現，或是具有撥開雜念，嚮往美好的能力，可能他能夠留意到心底裏那若隱若現的一絲甜。

至於鈴，若有所思，把手機一時握緊，一時旋轉翻弄。除了楠沒有人留意到她的反應，就算有，也只會像楠一樣不知道代表甚麼。

霞姨弟未等儀式完就走了。剛才也不見他看手機，只是間中看手錶，似乎是早就計劃好時間，可能有更重要的事等著做吧？有錢人的煩惱不為人了解，了解過也不會理解。他徑自離開後，就沒有回來。翌日一早，也只有銀家母女一同送霞姨上山火化。

火化後下山是纓紅宴。人不多，坐在一桌，氣氛輕鬆。雖然不算喜喪，也與喜喪無異。

殷家和銀家母女總要說些話，想當然這種場合一定是用霞姨作開頭，不過絕大部分是殷家家長回憶霞姨。鈴自然不用說，鈴母也說不了甚麼對霞姨的記憶，不過是作為聆聽者點頭附和，也總算交流了。

殷石楠不禁想，對鈴母來說霞姨「最有用」可能就是這刻。但如果不是霞姨，根本不需要有這刻，所以是……不對，其實本來參加喪禮可以不用交談，只是總有人忍不住寂靜，所以一切都是社交欲……不，是有可能做到好好交談的，所以要怪的是能力不足。

菜過五味。霞姨的事情也聊夠。重新一番客套寒暄，客氣地問了做盛行，鈴母介紹自己丈夫是做甚麼的。本來以為一兩句就可以完這個話題，沒料到她開始說自己丈夫公司的業務，不過也是一句起兩句止，剛好在足夠表達出他們多成功就完。楠心中暗笑：鈴母扮作是順帶一提，但肯定是計算好的，這只是一種簡單的話術，明顯，但有用。

然後氣氛又陷入冰點，無話可說下，當然最趁手的是說孩子。從席上最小的沐茵薇開始介紹，到其母親殷紅櫻，既然說到女兒就跳過殷石楠，說銀淼鈴。該說的說完後，鈴母補一句：「她只顧著拍拖、去街，肯定拿不到一級榮譽畢業。」大家笑了笑，爸爸媽媽客套地安慰，楠慢了一拍陪著假笑。

楠的手機收到女友訊息：「甚麼也不用說」

不用 Lily 說，殷石楠早已經在發呆。回過神來時，意識到被問：「拍拖沒有?」

……

楠沉默不語。

媽媽解圍：「他不喜歡聊天。他很怕醜，未見過他拍拖。」

鈴母笑說：「可能偷偷拍拖沒告訴你而已。」

他們把目光看向楠，但楠根本沒打算理會，只低頭喝茶，心想：誰人寫的劇本，這麼老土的情節也能發生……

捱過了無人明白的尷尬，終於回去。

霞姨的事情完結過後，楠找女友，只得到回覆說有各種事情忙。還加上一句「我再搵你」。這句一出，楠也只能等待。

他想她是在生氣嗎？她是氣沒有在家人面前大方承認關係嗎？確實是值得生氣的，但她不是叫自己甚麼也不用說嗎？那是在生氣其他事情？

不知道身上哪裏露出甚麼蛛絲馬跡，可能已經被默默觀察很久也說不定，某天姐姐突然在家人齊聚時問他：「是不是拍拖啦？」

「嗯。」楠大方承認。媽媽馬上反應：「吓？真的拍拖了？」她追問：「對方是怎樣的？是不是好女孩？」

楠羞羞地說：「性格，樣貌都很好。」

「比你姐姐漂亮？」姐姐迅速插上這句。

「你現在是要我說『沒有沒有！』然後開始讚你嗎？」

「哼！知道還不趕快做？小子。照片呢？」

「沒有。」

「怎麼會沒有？」

「不讓看。」

「你小子，看你害羞到。」

……

媽媽把對話拉回來說：「那她怎麼會看上你？小心被人騙！」

楠邊苦笑邊說：「你這樣看你兒子，會不會有點過分？」

姐姐附和：「對啊。我們楠仔不知多優質。」

聽到姐姐這樣說，殷石楠高興同時有點心虛。不知是不是基因弄人，姐姐在女生中算身形高挑，一米七有餘，比自己高得不算少。不過殷石楠確實沒多想，畢竟他知道美女配醜男在經濟學上是有解釋的，對矮來說也一樣吧？不過那種解釋對女友這種會主動找男朋友的女人確實不能套用。能交往可能單純是自己好運吧？好運的點在於也許女友未遇過跟她的思維層次和方式這麼一致的人吧。

「你媽是怕她兒子被人搶走吧。」爸爸一語中的。平時「妙語連珠」的媽媽也支支吾吾：「我是……只是怕他……傻傻的，會吃虧！」

姐姐說：「男孩子比較不怕吧。」

媽媽回復平時那狀態說：「騙他禮物、騙他出去買單、甚至只是喜歡把男人玩弄於鼓掌……你們啊，都是容易被玩弄感情的類型！」

姐姐聽完後跟她說：「那所以是遺傳的囉？」

爸爸煞有介事地說：「不是。我沒有騙你們的媽。」

「哈！」媽媽別過了頭。這副光景太罕見也很有趣，兩姐弟連同姐夫都忍不住笑。對楠來說剛才那些奇怪腦迴路令趣味更增添了幾分。

「其實啊……我還有……工作上的事想說……」然後令大家沒想到的是接下來爸爸很唐突地告訴大家說他想辭職。

他絕對不是一時衝動，誰知道從開始有這個想法到現在說出，經過了多久。大家問為甚麼，他怎樣都不說。

媽媽看出來了。他們之間雖然不算會說很多心裏話，但爸爸每天的情緒和心理狀態都逃不出媽媽法眼。她知道不像是因為工作壓力，更像是因為心灰意冷。而如果他有做錯事，他會坦白承認，他甚麼都不說，也就是代表錯的不是他。

「是不是別人令你不開心？」聽到媽媽這個問題，爸爸只是沉默。媽媽深吸一口氣，似有話要衝口而出。大家看得出她有點火大，因為她最討厭人不回答她問題。她本來繃緊的臉轉瞬間放鬆了下來，似是冷靜了自己，然後明顯經過努力後擠出難得一見的溫柔說：「你說句『是』就好了。我們也不再問了。」

看見媽媽也用這麼低的姿態，爸爸也似乎明白了大家很諒解，現在就像是大家退後幾步讓出空間，讓爸爸想怎麼就怎樣。注意到這點，平時沉默穩重的他，難得地大說特說別人的壞話。

他也沒有說清所有事的來龍去脈，總之就是有些事冤枉了他，導致他受人白眼、被人杯葛。本來他已經感覺到，大家其實不太看得起他，現在還有意自成一角避開他，更甚者找機會冷言諷刺他。而他的工作又多數要與同事合作，想當然他默默承受了不少委屈。他對同事的怨氣是累積已久。

維持一個群體團結的最佳方法，是創造一個共同敵人。站在「邪惡」的對面，但不見得就是正義，可能只是面對面、量一量身高，確定有比自己矮的人存在。人生需要有親人、愛人、同行的人，找敵人也是人的天性。不管與自己的不同有多微不足道，只要能填補「敵人」這個位置的空缺，就可以無限放大。有些人可能跟本不值得被討厭，只是剛好最適合填上那位置。

「找到我有錯就儘管指出來，要是我符合不到要求，就把我炒了吧！就是這麼簡單。不符合他們的想法，就叫我反省一下，我自己想到要反省就可以，逼我反省就不可以！尤其是對他有利益，怎麼能要求我反省來符合他的利益！」爸爸從前說故事都沒甚麼細節，說人壞話更加生疏，大家只好接受他抱怨得如此抽象。楠從來未見過爸爸這樣，雖然他不知道甚麼事，但他說的話確實值得贊同，就說了句：「說得很好。」

「這個世界有很多人明明是畜生，卻指責別人是衣冠禽獸！這種人至少數以億計！他們要把我塑造成敵人，那就如他們所願。不要怪我。他們不仁，我就不義！」

雖然聽到後的眾人保持沉默，心中應該和楠一樣，對這樣的爸爸感到新鮮。然後楠因為不想潑爸爸冷水，弱弱地說：「其實不義比不仁嚴重點，所以他們不仁，不代表你可以不義……」

「那他們不仁，我不仁，可以了吧？」

「可以。哈哈。」然後為了祝福爸爸成功，楠說要送他一首電影主題曲，當然就是借歌名說想說的話而已。

「Yeah！」爸爸喊出。小薇也跟著起哄：「Yeah！」她不明白為甚麼，但有得叫就開心地一起叫。

這一整晚，爸爸開心到與平時判若兩人，話也變多了，甚麼也能接上話，連對電視劇的吐槽都頻密得像演漫才一樣。與平時最不一樣的是他的表情，如果「幸福」化身為人，表情也該與爸爸相差不遠吧？上一次看見他有類似的表情，已經是……沒有多久遠，有小薇在，大家經常感到幸福。他已經沒有了牽掛，除他自己以外，其他人不會想到他回公司到底會做甚麼。

同樣開心的只有小薇，小孩子的共情能力總是特別強的。說來小薇不知不覺也不再是小寶寶了。某天從新幼稚園回來，羞答答地跟她媽媽說，她喜歡了一個男生……也不知道她那種到底是不是真的喜歡。

這時大家還想：她也快幼稚園畢業了，會不會不捨得呢？希望她不會不開心，永遠快快樂樂，一樣愛笑。

只是沒想到，開心也好，擔心也好，已成絕響……

那是潮濕悶熱的一天。放學跟平時一樣去玩，突然就倒下了。已經第一時間送往急症室，沒想到就這麼沒了。

醫生和報告說她先天心瓣狹窄，血壓高，加上有哮喘。本來這些不是大問題，但是同時存在加上當天天氣……只能說相當不幸。

當時醫院煞白的燈光照著他們，床上躺著已經失去氣息的小薇。沒有人不是在哭，沒有人哭的聲音不大。沒有人聽到殷紅櫻的撕泣不心痛，沒有人去看她最後一次緊緊抱著小薇不肯放開的景象，沒有人能夠看，所有人掩著面哭睜不開眼睛，也不想睜開眼睛。

殷石楠內心最想的就是給姐一個安慰，但不可能，不可能做出，不可能成功。只強睜開眼睛，腳步搖晃地走過去抱住姐姐。現在就讓姐姐用剩餘所有力氣來哭吧，不要在她難過時妄圖要她依誰的意思不去難過，而是在她難過到力竭時抱她一把，這才是一家人。

楠心裏有一種情感侵佔了少許悲傷的限額，令他稍稍冷靜，那就是愧疚。他現在才明白，如果自己死了意味著甚麼。如果自己不思不顧，一手給愛著自己的人帶來這種痛苦，自己真值得萬劫不復。

回家路上，姐夫摟著姐姐肩膀，媽媽一直都輕輕拍著她的背。而姐姐睜著眼看著前方、看著燈光，手上擦眼淚的紙巾始終沒有放過下來，那是生怕一不留神看眼前的事物，注意分散，就會想起女兒，崩潰痛哭。

回到家，回到她們夫妻和小薇的房間。小薇親自選擇的碎花牆紙、三個人一起睡的床、放在中間的小枕頭……

姐姐趴在床上哭，埋著自己的臉一直哭。她的哭泣沒有停過，但她的眼淚早已哭乾了。姐夫坐在她旁邊，手放在她的背，也一邊哭。

安慰人不是殷石楠最擅長的，但他知道應該努力去做。他願意盡力去做。但真的不知道要說甚麼。他想不了任何事情，只有剩下的一絲理智還記得一個事實。他逼著自己說：「其實香港每年有一百多個兒童自然死亡……」

當他說完的一刻，就知道錯了。這句話的弦外之意是甚麼？如果姐姐問他一句：「所以呢？」難道他答：「你不要傷心了，人就是會死的。」或者「你覺得自己很慘，你要看看這個世界其他人，才能定義是不是『很慘』，其實你的定義錯了。」

有這樣安慰人的嗎？還不脫離姊弟關係？他不知所措，沒辦法收回那句說話。看著姐姐的背影，他急了起來說：「對不起！」

「沒……沒……」姐姐沒有用過神，根本沒有把說話聽進，只是自然反應叫他不用道歉。殷石楠對語言素來有研究，現在卻一句話都不知怎麼說。他好想拿自己的心出來和他們的心對換，或者把他們的傷痛分一點給自己。這些發自內心的願望只是空想，卻麻痺頭腦，令他一直啞口無言下去。他的淚又掉下來，他的手在抖顫，直至到受不了，身體自然地走過去，抱著姐姐。

在這一刻，以往勸自己對生老病死看得開的一切想法完全無用。想到小薇是多麼可愛的一個孩子，想到她失去了的未來，心裏湧出「可惜」。他也只想盡情地哭。

然後，他沒有想那麼多，真的，甚麼都沒有想，緊緊抱著了姐夫。

房間外面的媽媽也哭著，把頭放在同樣流淚的爸爸的肩膊。他們要承受失去孫女的痛，還無比心痛自己的孩子要經歷如此傷痛。

喪禮的靈堂不大。盡頭左邊是火爐，中間是冰冷的照片，右邊的靈寢室裏是更冰冷的小薇。

除沐家和殷家，來的人很多，姐姐朋友、姐夫朋友、小薇的老師……不過小薇的同窗玩伴也沒來幾位，也對，不要來吧。只有兩個家長帶著兩個小孩出席。當時其他人不知道，很久之後，姐姐說有來的小朋友之中，包括那個小薇說喜歡上的男孩子。殷石楠聽到後眼淚忍不住湧出來，原來她喜歡的人有來送她最後一程。

意想不到的是銀家鈴母也來了。當初查看電話聯絡人，看要通知誰，當中包括了她。她肯來真是相當有心。

鈴母鞠完躬，過來對殷家作出安慰。也有和沐家打個招呼，然後又回來，找到姐姐一股勁安慰她。完事後卻一直站在這裏，即使已經沒有任何交流，仍然待在殷家旁邊。

殷石楠想去確認一下女朋友的安好，他們已經隔了好些時間沒聯絡了。他也不知道應該怎樣評價在這個時候做的這個行為，但他就是走過去問：「我記得是有位……我應該叫表姑姐的，也就是你的女兒……」

鈴母聽到這裏就回答：「啊。她啊，染病了……」

「染病？染甚麼病？」殷石楠很驚訝，但他表面還是適當管理好表情，反應沒有太強烈。

「唉……」鈴母猶豫了一下，還是說：「本來她叫我不要跟人說。其實好端端我怎麼會跟人提起？不過見你也是年輕人，說兩句也無礙……那就要好好提醒你們！」

「怎麼回事？甚麼提醒？」

鈴母小聲湊過去說：「她跟男朋友親熱……染上性病了。現在不願意出門。」

「……」殷石楠又驚訝又困惑，不過很快這些情感都消失。他不是怕自己也有事，相反，是他肯定自己跟這事毫無關係。

「血氣方剛，情到濃時，也一定要做足安全措施。知道不？」

「……」

「記住了。」

殷石楠冷冷地抛下一句：「禍福無門，惟人自召。」

然後鈴母很自然就說：「對……你懂得這樣想，真難得……」

原以為對話結束，她卻又說：「唉……年輕一代就是開放，時代不同了，也不好說甚麼。」

楠板著臉說：「開放沒錯，保守沒錯，但開放有開放會失去的，保守有保守會錯過的，這是必須承受的代價。」

「嗯……」然後雙方無言。等確認了楠再沒有話說，鈴母就走開了。楠一動不動站在原地暗自想：開不開放都是其次，最重要的是守承諾……

但他不能悲傷。今天悲傷的份額，應只分給小薇。

當他自己處理情緒的時候，鈴母不知和其他人說了甚麼，然後就聽父母說，她明天會一同送小薇上山。

簡單事宜過後，就宣布出來看最後一眼。大家從座位起來。楠強拖腳步靠近靈柩。那是他在醫院那晚後第一次見她的遺容，也將是最後一次。她蓋著壽被，依然是記憶中那般可愛。只是那微笑不是記憶中那笑容，小薇喜歡露齒笑的，每次都見到小酒窩。小小的面容、小小的嘴巴。只是那紅粉不是小薇的紅粉，那小嘴再不能親吻任何人。姐夫、姐姐、爸爸、媽媽……不知道誰第一個哭了。楠也哭出聲了，再也走不動了。聽到幾人說了句「節哀順變」，也並沒有令他們更好過。

沐家人多，和殷家都留到最後。來賓見完一面也走了。只是不知為何鈴母也留到最後，後來她也真的一同送小薇上山。

去送時，大家在車裏都沒有說話，也都沒有甚麼感覺，直至到進去火葬場，準備好之後，才一下子綳緊起來。楠聽到要送靈柩進去火化的一刻，一下子打了個冷顫。輸送帶滾動，將靈柩送走的那一幕，伴隨姐姐的抽泣，好多人忍不住了。也不清楚誰在哭，但肯定最不捨得她的人都有哭。楠其實不忍去看，但實在是太不捨得了，眼睛一刻沒離開過靈柩。從輸送帶一動就開始哭，看著靈柩進到那入口，只剩「以後甚麼面也見不了」充滿腦海，一想就沒辦法不流淚……這一幕過後，就真的沒有了。

纓紅宴上，姐姐坐在沐家那一桌。殷家人較少，和幾個賓客一起坐另一桌，鈴母也在，從來沒有人問過她為何來，可能是她真的把當殷家當作家人吧？只是如果有選擇，沒有甚麼責任的她怎麼會花時間討個不吉利？

大家心痛過、不捨過、哭過，或想到過大家的痛傷，氣氛低沉實屬正常，無人出聲。偏偏沒有人期待之下，鈴母跳出來打破沉默：「我記得殷生是做會計的吧？」

「啊⋯⋯現在轉行了。」

「為甚麼要轉行？」

「就是⋯⋯想轉換一下環境⋯⋯」

「為甚麼？你是怎麼想的？」

⋯⋯

她打爛沙盤問到篤，如同訪談節目的主持人，不過是技巧很差、沒有分寸感的主持人。爸爸並沒有好面色看，「就是因為不高興」這句話他怎麼也答不出口。其他人沒有留意到他表情已變得不對勁。換作平時的殷石楠，應該會看得出，但現在他不是平常的狀態，能靜靜地留在這裏已經花很多力氣了。最後是媽媽幫口：「都已經接近退休了，找一份做得開心一點的工作。」這才結束這段訪談。

又靜了下來，環境音顯得特別大聲。酒樓的電視正在播放領袖被捕的新聞——那時候隔三岔五就有這種新聞，被捕得很頻繁。

殷石楠是很不屑的，不只不屑，甚至到憤怒。他不瞭解法律，但他瞭解法律精神。

如果連實質的「傷害」也說不清楚，嚴重性只來自法官個人的想像，那麼法律何來莊嚴性？對信仰傷害最大的人，就是自稱信徒卻胡作非為的人，法律也如是。

而鈐母似乎很熱衷討論這些事，她那表達的慾望可是真的強，強到不分場合對象，也要尋求跟她類似的人找認同。看到電視新聞後，突然說了句跟先前席上的討論完全無關，沒頭沒腦的話：「他們都是為了錢而已，人人都是自私的。」

聽到這麼一句主張，殷石楠的辯論腦快速地運轉起來：

這句的前提未經論證，用「人人都……」的句式，論證責任大到肯定超出她能力，邏輯上人普遍自私不代表任何時候做所有事情都出於自私；一個人真的賺到錢不代表他的目的就是賺錢。如果主張不要因『自私』去做而這件事，本身卻必須做的話，那就應提出作為動力的替代方案，當然以對方的立場，應不覺得這件事要有人做，那這件事的必要性是另一個更大更重要的戰場。如果事情對其他人有利則不符合「自私」的定義，至於甚麼才是「利益」那可每人各自有一套說法。她可以反駁他們為別人好到頭來，還是為了維護自己的價值觀，還是一種內心的自私，但可以挑戰「維護價值觀」這個好處不根屬「對人好」，也就是他們可以不用這麼痛苦的方法。帶到應然層面的勸導：他們既然選擇一條犧牲巨大的艱難路，又何苦把他們拆穿，稱呼他們自私呢？

即使是，又何苦呢……

他突然醒了。對，自私。人只為己，禽獸不如。但有人懷著最自私的想法做出的是最無私的行為，有人反之而為。慾望、想法和行動可以不同的，結果的好壞也要看未來的詮釋，現在的誅心有何意義？這件事自己還是有點感觸的。別人內心的想法，若真有人有資格鄙視，也輪不到你。

殷石楠也想到累了，嘆了一口氣。他明白鈴母這個想法不罕見。說到底那句話都是因為看到利益所在，就把一切歸因利益，歸根究底還是「賺錢至上」的價值觀。雖然也不應該隨意揣測人家是不是這樣想的，這樣很不尊重。只是不同價值觀的衝突，從有人交流開始就存在。只重視物質，還是只重視精神，都會令人錯過接近一半的世界，為甚麼要選擇只重視其中一樣？生命帶給你甚麼，就好好著眼當下不可以嗎？

「對。為甚麼不可以？」他又跟自己說。

殷石楠如此常用競技辯論所教的方法論來思考，在不知不覺間已經經過很多訓練，短短一瞬間就想到這麼多。他心裏有各種方法摧毀對手——乃至自己。但真的叫他說出口，他肯定會結結巴巴詞不達意，也沒有人有耐性聽他說這些。加上他又認為自己輸不起，那他寧願不去辯論。所以他有想過單純用不屑的語氣回一句：「垃圾言論。」

簡潔致極，並且能試一試對方會不會如自己所想一樣抓狂。但當然只停留在想像階段。但每當想到這裏都會為自己的「邪惡」就忍不住笑。其實他很清楚，她只是又一個想要認同感的人。

殷石楠的「軟弱」有時到了令人火大和鄙視的程度，那除了因為他怕受傷，也是因為他太懂得如何傷害人。要麼他任人魚肉，要麼去撕咬封喉。總之他一直擁有極端的負能量，隨時會令人遍體鱗傷，所以努力保持極端的正能量來與其抗衡，才變到如此古怪和愛沉默。

有那麼一刻，他想把這股黑暗釋放出來，但他還是壓制住了，因為他是會對這樣的自己感到失望的。

「沒過一年就做了三次白事，唉……」媽媽忽略鈴母說的話，嘆了一口氣，坐在爸爸旁邊，不知沐家哪位的朋友說：「不知道是走甚麼不好的運……去廟裏拜一下吧。真的。」

媽媽說：「年頭拜過……以前住黃大仙，近黃大仙廟，那時候就年年拜。現在住大圍近車公廟，都有拜過。」

鈴母插話：「他們都是人封的而已……像是關公，早就有的民間信仰當然是人自己信的；清朝的時候立武聖人，考慮伍子胥、岳飛和關羽，伍子胥因為不符合儒家把『忠』放在『孝』前面這個錯到七彩的思想而落選。那是因為楚王昏庸害了他全家，他叛逃到了吳國後，反過來攻打楚國，把楚王掘墓鞭屍。雖然他照樣被各種歌頌，但皇帝怎麼會立他？岳飛一生與金國作對，清朝皇帝是金國後人，所以理所當然落選。最後選了逃犯出身，改名換姓，被一本小說神化了的關羽……」

場面相當尷尬。

她說的事情本身是對的，但有需要證明自己對嗎？為甚麼非要在這裏表現自我？有人說這裏是「求真」的場所嗎？還把關公拖下水……怎麼知道他是不是早就成了神，能不能保佑人？

正是因為他跟鈴母很相似，應該說他太了解所有人，可以「令」自己跟所有人是同類，他正正比其他人更知道這種人麻煩的地方在哪裏。

沒有人想要說甚麼，反而爸爸開口說：「有沒有神我們不知道，但如果有來生的話，希望他們會更好。有甚麼要還的都還完了，來生享福吧。」

然後大家紛紛點頭，也有微笑和歎氣的。

都算圓得很好了，她又要加一句：「前世今生可以解釋一切，但都不科學。信這些不如理性一點。」

那是爺爺的信仰，楠敬重爺爺，有點被挑戰的感覺。加上她在此大談理性，他的感覺是自己擅長的領域被利用來壓家人一頭。剛好楠有很多情緒壓抑住，突然想到連這種日子、這個場合也要忍受她自以為是的表現，心中突然無名火起，快要按耐不住，連面目都變得有點猙獰，眼看就要突然發作，他及時深吸一口氣，猛地搖了一下頭讓自己冷靜下來。

「你覺得很可笑的話，自己滾到一邊笑，為甚麼非要告訴人？為甚麼非要告訴全世界你在想甚麼？別人從此記住了你這個無謂人，多了一段不愉快的回憶怎麼辦？為甚麼要這麼自我中心？」在他心裏，女友媽媽已經被他鬧得狗血淋頭，當然這個場景只流於想像。這些話是真的不能說出口。

而且他的觀念已有些許改變，他不想只是為了傷害人而說出非真實想法的話。

其他人當然不知道他的心理鬥爭，只覺他看起來不妥，問：「你突然怎麼了？」

事到如今，他必需要說點甚麼，要令人理解他的反應。剛好，他可以順水推舟，這一次，他要贏。

「我只是不認同。理性也只是我們的相信不是嗎？你無法證明理性的存在，因為證明就要用理性，用理性證明理性就是循環論證。我們未經證明就使用理性，不就是盲信嗎？那你就根本沒立場勸人這樣那樣的。」

對方好像有些話想講，把口張開，又好像不知怎麼說好，又把嘴閉上，再沒出過聲。不知道是想不到回應，不知從何說起好，還是根本沒聽懂。席上其他人也鴉雀無聲。楠心裏清楚知道如何回擊自己充滿迷惑性的詭辯，一邊擔心，同時有點期待被戳破。可是並沒有人作出任何反應。這正與他的估算相同，要應付鈴母，這種程度，足矣。氣氛相當尷尬，而他正沉醉在這份尷尬中，享受對別人和自己的煎熬。對著無法被說服的對象，甚至從一開始就不打算平等地對話的人，唯一可以做的，就是讓人閉嘴。儘管他使用了邪道，畢竟誰都知殷石楠說的話充滿問題，只是以他們即席的口才，選擇閉嘴比較好。

他知道自己可能會繼續被家人當成蠢材，席上其他人也可能把他當作是不懂看氛圍、思想奇怪的蠢材，但跟本沒所謂，現在的他已經覺得這些都不重要了，重要的不是自己怎麼看，也不是別人怎麼看自己，而是自我和世界的結合，我中有真理，真理中有我。但他自問做不到。

既然得不到最重要的，那其他也都沒所謂了。

反而現在，他被誤解時會不自禁地想笑，現在的他想像一下別人覺得自己很笨，就會有種怪異的快感，可能這是另一種境界，也可能是他漸漸變得變態。

這個話題就這樣過去了。但在殷石楠的內心還揮之不去。他真正想說的並不是這些，只是這一句能令他贏得比較漂亮而已。

因為他的心最柔軟，他最弱小，所以最為弱小著想。看待事情、待人待己，標準和原則需要一致。若以人為本，有時標準之下再需要附加一套標準；看待自己，真正想要的還是支撐自己過好人生的力量，誰說跟著一套標準才會得到這種力量？自我療癒、自我勉勵的時候還那麼一致是為了甚麼？明知受傷了，一定跟不上標準，還這麼勉強自己，是等著某天機會來到時，跟人大聲炫耀、抱怨還是討安慰？那才是另一種意義的不理性。

在這麼一段神奇的時間，怪力亂神還是唯物主義都顯得如此的不足。那就是自己活著的時間。遇上生命中某刻到來，需要甚麼就取其所需，也未嘗不可。只要自己清楚這樣不是「真正的信仰」，不以「信徒」自居，畢竟不能自稱信徒而又胡作非為。唯一跟你說「不應該」、挑你毛病的，只有在你的人生裏可有可無的人，那些人才會重視你的一致性多於你的真正需要，當然，真正重要的人會提醒你甚麼才是「真正的需要」，甚至有些事情根本不須去到「信仰」這個高度。殷石楠在這種時候變成了一個效益主義者，終於承認自己只關心好處。沒辦法，世上能安慰到他的已經太少了，也算是他放下對自己無謂的要求的一步。

宴後出酒樓門口準備回家，亭說剛才坐在岳父旁邊的夫妻是沐家世交，與父親好久不見，要到別處再聚，自己也要去一趟。亭問櫻是不是跟著他一起，她拒絕了，要跟著殷家回家。亭思索了一會，跑去和他父母說了兩句，兩人的反應有一點複雜，大概是一分訝異、一分奇怪、四十九分失望和四十九分不耐煩。然後亭又跑回來說，他還是一起回家吧。

櫻問：「你不用跟你家人走嗎？」

亭答：「現在不就跟你回我們家嗎？」

走了幾步，櫻又問：「那他們……」

亭說：「這個時候還期待我們怎樣，才是有病。」

走著走著，她問起：「剛才你們那邊談話也很大聲，說了甚麼？」

媽媽答：「沒甚麼，和霞姨弟婦交換一下想法。」

然後一段沉默過後，媽媽突然沒由來、有點沒頭沒腦地跳到去說：「錢，可以走運得回來；地位，可以熬回來；只有思想，才應該是評價一個人高低的標準。」

說這句到底是為了甚麼？也許是暗諷？大家確實不喜歡人高高在上的樣子，還要在這種場合。只是，還以為只有殷石楠會這樣轉彎抹角說話。也許她說出來只是有感而發，沒甚麼特別意思？

姐姐問：「那教養呢？」

媽媽言道：「教養不就代表思想嗎？」

楠眼前一亮。媽原來這麼有智慧的嗎？

爸爸說道：「我想起你們爺爺曾經說過：『智商高的人了解事情是怎樣；更聰明的人看到事情可以是怎樣；有智慧的人知道事情應該是怎樣；更有智慧的人明白事情不是你眼中的事情。』。」

楠頻頻點頭。然後又突然停住了……

也許他需要學習的對象，一直都在自己身邊。

姐姐說：「楠是不是要送她一首歌？」

楠歪著頭看著姐姐表示疑惑。姐姐說：「你不是很喜歡送歌給別人但又不唱嗎？」

楠明白了，笑了，同時為姐姐能說笑鬆了一口氣。

姐姐對他說：「你眉頭皺得太厲害了。放鬆一點吧。」說完笑了笑。楠看見她這樣安心了很多，也所幸，姐姐比自己更能看得開。

晚上，他自己一個反省今天的事情，自己還是意氣用事了。「由定生慧」，自己還是不淡定了。他細想了很多：自己是否與理想中的自己越來越遠？理想的自己實在究竟是怎樣？真的是想變成那樣，還是只是喜歡那樣？想怎麼樣就去做，是否算任性？那是真的好嗎？那套「好的標準」是否已經無意義？是不是鑽牛角尖而已？會不會後悔？

他越想越迷惘，越想越煩，開始變得無力，感到無力時，本能地有憤怒萌生。在這些情緒下，他做了認為適合現在做的事。

他發了一條信息。

「我是一個小氣、自私、自我中心的人。如果這些形容詞與你對我的印象不符，那代表了我最大的缺點，是虛偽。對我來說，要接受其他人，是一件很難的事。我會改善這些缺點，但不是現在。對不起，我們分手吧。保重身體。」

他想一想，把「身體」兩個字刪去。在發送前再看一次這段文字，想一想，又把「身體」二字重新填上。

據女朋友的母親說，她患病後不願意出門，殷石楠想也許是她的精神被困住，走不出來，應該很抑鬱。如果收到這段訊息，可能會更傷心，那就太可憐了。但是，這是殷石楠隨意臆測。他知道「想太多」是自己的問題之一，而他決定先從這個缺點改善。他決定不隨便臆測她慘不慘。

更何況……

「她不義，我不仁，是沒有問題的。」想到這裏，就終於不再想了。

他按下了發送按鈕。之後前女友的事，就與他無關了。

其實訊息裏所寫的一點也沒有錯。人有很多面向，殷石楠更是如此。有些面向，只有前女友見過。從一開始，殷石楠選擇與她一起，純粹只有他從她身上看到自己的影子這一個原因。這點其實他自己早就察覺。而他離不開她，可能只是因為他不願意失去一個了解自己的人而已。

代表著他喜歡的，只是自己。這就是最大的自我中心。他最在乎的，也只是自己。甚至女朋友對他的愛意，也許只是他自己都不知道之下所「選擇」的「解讀」，好讓他借著一個愛情的海市蜃樓自我發揮而已。

其實，繼續那樣下去可能也行。不過現在殷石楠不一樣了。他不再當自己是「知己」

的「生產者」，也不再期望別人盡在他計算之內，他是個普通人，與其他人一樣的普通人——現階段他是拿出這種說詞對自己說。

其實不管錯的是別人還是他，最後的結果都會一樣，就是他埋葬這段感情。他想好好去經營關係，只是不會是這一段關係。

可是有些關係未到他可以如願的時候。這一晚過後，不知道又過了多少晚，姐姐和姐夫突然宣佈要移民到英國，那是事在必行的事情。也是……想要離開這裏是很能理解的。

父母知道後用了一個晚上來考量。經過大家的努力，現在殷家要移民是很輕鬆，也沒有甚麼阻止他們離開這個地方。與其在這裏牽掛，反而離開香港是毫無牽掛，表示希望全家都一起過去。

但是一晚時間，跟本不夠殷石楠消化。

他跟遙說了，說他很可能要移民。朋友到底有甚麼反應？透過文字不能完全看出來，只知他傳來的是：「你要拋下你唯一的朋友？」

「你不是我唯一的朋友囉……」楠如此回覆。然後楠接連發了第二個訊息：「但你是我最好的朋友。」

一刻過後，朋友回了一句：「廢話」後面加上一個笑臉符號：「想走便走。記得叫我送機。」

楠不再回覆。躺在床上，手背一下子拍在額頭，閉目沉思，問自己很多問題。最後他給出了先讓家人去安頓好，而他留在這裏一年的回答，一年後是去是留，到時再說，反正不趕這一趟。想當然家人感到詫異而且擔心，問他為甚麼，他只是回答：「我需要等這一年，也想看看一年後的香港再算。」楠自問無法讓家人完全理解，因為他自己也還未搞清楚。而家人也確實不明白這到底是甚麼意思。

哀莫大於心死，但確認是生是死，總需要點時間，他還想給這個地方最後一次機會。所幸的是條件允許，家人同意了。

家人幫忙仔細盤算，仔細物色後，楠的安身處就變成租住附近一間小單位。原先的村屋退租了，家裏的東西也徹底不留了，包括從公屋時期就在的東西，也終於留不下來。

再一次處理搬家，看著將會在這段時間單獨生活的房子，他更清楚的肯定了：一直以來，自己不是有勇氣，只是有強大的後盾。

辦好一切，眨眼間過去了半年。在機場送別家人時，媽媽第一個過來抱抱楠，叮囑他保重，然後姐姐也來擁抱，說了句：「自己小心了。」見狀後爸爸也來，楠是沒想到還有機會和爸爸擁抱，最後姐夫也大大方方來抱了抱後，對楠說：「Take care。」

楠趁這最後的機會跟姐夫說：「這樣說很老土，但……你是唯一的壯丁，我父母和姐姐交給你了。」楠原本以為依姐夫的性格會笑著說：「誰照顧誰還不一定呢。」但是他所見所聽的，是姐夫表情認真，語氣堅定地答應：「我會。」這刻，楠後悔沒跟他建立更深的連繫。以前只看到缺點，確實是氣量小，現在依然看到他的缺點，但好像已經不那麼重要了。

更重要的是楠想通了，看他「展現自我」不順眼的那些地方，是被塑造的也好，是他自己選擇的也罷，姐夫這樣一個簡單的人，也許只是在用另一種方式釋出善意？只是同時間把自己塑造成一個「主角」一樣——但是把自己當成「主角」這一點，誰又何嘗不是？

所謂的「看不順眼」，其實就是不服氣，對有個人成為了「絕對主角」不服氣。也許是因為本可以屬於自己的……也就是對「輸了」不服氣，甚至妒忌，應該說本來就是出於妒忌。

其實自己和姐夫的差別也許並不是那麼大。說來姐夫「小學雞」，自己「中二病」，某個角度看還挺合適的。

本來自己早就可以多一個兄弟。

然後也不禁想到，本來可以把霞姨當真正的嫲嫲。但再也沒有機會了。

「保重」、「小心」、說出最後一句「拜拜」後，他們走了。楠在機場坐到夜晚。乘機場快線回去，途中沒有看手機，沒有看窗外，甚麼也沒有，就只是坐著。他決定到旺角去唱卡拉OK。到了卡拉OK的門外，看一看價錢，看一看裏面的人，站了一會，卻離開回家了。他想到了順路去買吃的，但沒去。他只想回家坐著，回復點氣力。

從燈火通明走到無人小地，一陣涼風吹過，低頭看見樹影，想起很久沒看過天空。今晚難得地看到星星數十顆，還是每晚都在，只是今天才有興致看到？他想多走點路。結果在原地數百步之內來回轉悠。

回到家裏，在單人沙發癱坐了一會。他用手機揚聲器以大音量播出德伏扎克的第九交響曲第四樂章。他依舊坐在沙發，閉上眼，用著筋腱的力，抽動手腳，皺著眉，搖著頭。那曲的名字是《來自新世界》。他是想把一直以來積累的情感轉化做另一種激昂的情感釋放。開頭確實有效果，但同一首歌聽久了總會厭。

接下來他放了莫札特的《安魂曲》，從《末日經》這章開始，他想到這樣好像有點不吉利，然後腦袋猛然地想起家裏幾個先人，《安魂曲》就繼續播下去了。本來曲風還能讓他欺騙自己，能轉化感情，隨著一章一章過去，也開始有反效果。這種氛圍令他不想再聽了，但還是忍住不中途按掉，想等音樂停下來的一刻。

曲終人散。曲會終，人早散了……

他從單人沙發緩緩站起，跑上床，把棉被隨意揉作一團緊緊抱著。

他抱著被褥聽完了這一樂章，這一章的名字是《落淚之日》。

第五章

不見自擾不自擾
只見世事與世人

這次直播是讀觀眾投稿的談話直播。而進入話題之前的重頭戲，就是替「老闆」殷石楠慶祝生日。

雖然只是透過聊天室留言的文字，不會知道有幾人真正在意，但是真的從未試過收到這麼多句「生日快樂」，原來真的會有點感動。

趁著今天，正式公開一幅準備了數周的圖，是屬於他的虛擬形象，一個黑短髮，棕眼睛，短面孔，五官比例看起來只有十三四歲的少年，穿著酒保的服飾翹著雙手。那只是一幅不會動的圖，卻代表了他更深地投入了這個圈子。其實，他早已選擇要深深地投入了。

雖然這個代表他的形象不會動，放在朋友的形象旁邊後，畫面還是終於有了比平時更強的「完整感」。楠目不轉睛看著這個畫面，感到很滿足。事實上收到這幅圖之後，他就時不時開出來看，像得到寶貝一樣。

所謂「虛擬形象」，虛中有實，既虛且實，與「我」相合，性相一如。如是人間，山仍是山，水仍是水，人仍是人。

「人仍是人……」他暗自在心裏多念幾次。

他還是經常會突然被自己想出來的東西打動。連自己都覺得這樣有點好笑。

正式進入讀觀眾投稿的環節。因為這個特別的日子，觀眾投稿了對「老闆」喊話的文章。有感謝他對自己的鼓勵，或是表達喜歡，也有文縐縐地表達對他的欣賞。他每篇都仔細讀了，好好感謝了大家。

突然有觀眾說：「對了！那『老闆』就是魔羯座。」有觀眾接著說：「就是傳統、保守、藏起自己、計算一切、『小天使』與『大魔王』並存……」

遙說：「哈！形容得好。還挺準的！」

楠不作多想，發出：「哈……」只停了半秒就說：「沒錯，我就是在背後垂簾聽政的那個人。」

「嗯嗯？等等，這樣你不就成了我媽？」遙反應過來。

楠用怪腔怪調說：「哎——甚麼媽？叫哀家做母后！」

遙笑著說：「你無後，那你有『前』嗎？」

楠突然變回正常的腔調說：「還好啦。我花費不大，還有個『錢』傍身。」

遙還是笑著說：「真的要說的話，你更像是在皇帝身邊的太監吧。」

楠用不滿的語氣說：「吓？又形容得幾好，可惡！」

聊天室挺給面子，有笑的反應。直播開始就有歡樂的氣氛。

是時候讀出觀眾的投稿。困擾、值得分享的事情和對他們好奇的事，他們都一一回答。

投稿者：「我想畫粉絲圖給你，但是我一個商科人，藝術細胞不好，畫草稿畫到一半就擱置了……」

遙真誠回應：「我當然不會嫌棄！我很感激大家為我做的一切。每一封信、每一幅畫、每一個留言、每一個反應。因為有大家，我才能找到意義，才能堅持下去，真的！」

楠肯定了遙所說的，是理所當然的，他說：「我可以做證，他真的很重視大家……」

接著，楠就說出他想說的話：「我就從另一個角度說說我的看法吧。不要說『我不擅長甚麼』來勸退自己、不要說『我是甚麼人，所以我理應不擅長甚麼』，你要信自己沒有甚麼是做不到的，就算替自己洗腦也要……」

他一瞬間就想到延伸的話，說：「『沒有人是完美的』，是一但失敗之後才說的，拿來安慰自己也沒關係。做人不需要任何時候都那麼一致，失敗前和失敗後說不同話也沒關係，最重要是嘗試、不怕失敗、再接再厲。」

楠突然想到自己中學時討厭數學，認為自己做不到時，媽媽也是跟他說類似的道理，只是媽媽不是用這種方式表達而已。

可能自己只是學的法術多了，但其實飛來飛去，都沒有飛到哪裏去。

下一封投稿：「沒有動力去追求甚麼，不想付出，找不到最喜歡的事。請問怎樣可以找到改變人生的動力？」

殷石楠知道早晚會收到人生建議的問題。他真的不知道自己應不應該提任何建議，但也許人生是怎樣都不會錯的，說自己相信的事吧：「說到底，我們沒有甚麼資格，不過聽過有一種說法，希望幫到你吧……」

他幾乎不需要時間組織語言，他已經思考過太多了：「其實每個人都會認為付出和收穫的性價比最高就是最好對吧？所以致力於找最喜歡，也就是對你價值最高的一件事。然後覺得一直做眼前看到性價比最高的事就是最幸福的人生，所以期待可以全情投入的機會，但不覺得很像『貪心算法』嗎？只看眼前的一步，總會有不足的……」其實他很想解釋清楚有甚麼類似，有甚麼不同，但他不解釋了，他知道不必解釋太多。

「人生不是這樣算的，是要方方面面經歷的，人生完整，那價值可是會暴漲的，越完整暴漲得越高。單一地看人生每件事情，肯定有加分有扣分，可能扣的地方更多，令人遍體鱗傷。但即使是心碎的感覺，也不是令你不完整，反而是一種令你人生豐富的感覺。經歷過後，最後才能組成完整的人生，靈魂的價值不是單一的人生能比的……」楠已經沒有任何保留了。

他怕人生觀的碰撞，現在還怕。但他更怕的是：一些聲音從來沒有被人聽過。「如果你打從心底這樣想的話，可能慢慢能令你多一點動力去找，但找不到也不會受挫吧？這只是我一個小小的看法而已。」

觀眾還投稿問了一些覺得值得關心的問題。

遙把小鯉放大，在畫面動來動去，說：「有魚的地方，水就有波動。有人想水面毫無波動，甚至毫無暗湧，唯有變成一潭死水。魚想塑造適合自己生活的地方，肯定有明爭暗鬥，非常自然，但自以為是的人類總想對自然插手。水至清則無魚；水至濁就無好魚，只剩臭魚爛蝦。不管至清至濁，都不是好魚該留的地方。這也一樣是自然。但是魚才是這個池的主人，魚不願意把這個家拱手相讓。如果同伴願意留在這裏等，那不管那天來不來，都在這裏游到最後一刻吧。」

殷石楠聽到後笑了，笑得非常開心。他不知道朋友甚麼時候聰明了這麼多。也許是他真的很懂魚的事情？

觀眾投稿：「我對她充滿紳士風度如此愛惜她，結果她去倒貼另一個人，那個人是個渣男！我自己被愛情傷害過，也不敢去愛了。」

遙：「唉！渣男就是懂得滿足女性的心理。可能男女都想在戀愛中尋求一些刺激，那不用做徹底的紳士，要懂得給人一點刺激甚至打擊。像給予脆弱的部位適當的打擊也會興奮一樣。不過能稱為『紳士』，底線是一定要尊重人，所以只能吸引覺得自己……」

在遙發表意見的時候，楠只是自顧自地思考。他不是在思考這個問題，而是在想要不要下決心乘機帶出更多想法。雖然他知道好像是離題，但是他明白，有些事情如果大家都知道，是可以避免很多情況的，他已經不太追求貼題了。

他兩目放空，說是在思考，其實又並沒有甚麼想法，更多的是在嘗試做心理準備，看一看自己能不能受得住，然後突然想到別人完全不同意自己的想法，或者斷章取義要胡思亂想怎麼辦？他再三猶豫，自己都覺得自己煩。他終於懂得覺得自己煩了。

這並沒有甚麼可怕的，他決定要做。

「但畢竟我們的文化讓我們處於經常懷疑自己價值的環境，沒辦法。」遙說完了。

楠就開口分享了自己的愛情故事，大家靜靜聽完了。

「啊……原來是這樣啊，我也不知道……」除了遙之外，聊天室也一片安慰他的聲音。光是面對文字所表達的對他的安慰和認同，他竟然真的有點釋懷了。也許他其實也是一直在等一個這樣的機會。

不過楠趕快重整旗鼓，他已經受不住了，要重新收斂自己：「不用安慰我，我不是來搶焦點的，我不知道這個……根本有點離題的故事能不能安慰到任何人，老實說我不知道故事能安慰人的原理到底是甚麼，但其實我還想分享一些想法……」

「依我的愚見，普通人的愛，就是心靈上的依賴，不是物質上，不是生活上，更不是肉體上……」

「嘿嘿嘿嘿！」遙的壞笑聲剛好給了他一個需要的停頓位。

「當然有時糊里糊塗，騙著騙著，自己就真的產生愛意的例子也有很多……總之就這麼一回事吧。」

「『愛』不是甚麼神奇的玩意，就是極致的『重視』。所以可以愛自己、愛家鄉、愛工作，都叫愛。重視到了極致，你的苦樂就離不開那對象，不能自拔地重視對方，這就是『依賴』。至於『相愛』，很多人認為，應該是兩個獨立自由的個體倚靠在一起，一加一大於二，就是最健康的關係。對，不過健康歸健康，可是啊，『愛』不是找個人陪你玩遊戲，愛上一個人，本來就不太『正常』。看見對方笑，自己也笑，一點也不難；看見對方哭，自己也會哭，這才難。但這就是愛的表現，所以我心目中，同哭同笑，真正能做到『愛人如己』，不多於，不少於，不尊，不卑，才是真正理想的愛。」

說著說著，他又如往常一樣，從分享變成說教。「所以要足夠『愛自己』，然後『愛人如己』才能付出足夠令人滿足的愛。所以愛不是可以隨便對很多人說出口的，更不是說到好像可以隨時抽身那麼簡單，是深刻的羈絆，是深深的依賴。如果有人只想追求好處、不想情緒被拖累，那我勸你繼續『玩世不恭』就好，寧願此生與『愛』無緣。」

|遙從諸多問題中選擇問：「可是普世的愛呢？愛世人的那種愛。」

「老實說，依我自己所見，那種根本不是叫『愛』。不分對象的那種，應該叫『慈悲』，你要叫『大愛』也可以，不過剛才說了一大輪，很明顯『愛』是執著的，所以我不喜歡把『慈悲』叫『愛』而已。」

|遙停頓了一下，想了一想，話說回來：「也對，我們都只是普通人，大部分人是遇不到不依賴的愛……」

|楠很順口就說：「我們都離不開依賴，正如我們都離不開自我中心，離得開的話就不是凡人了。意識到要控制就好。」他的心有小小的咯噔了一下，不過小到他自己也忽略了。

|楠說：「依賴，總會失去自由。可是，雙方互相依賴，就是我們對相愛的想像不

是嗎？只願意管你，也只願意被你管。沒有自由在這裏不是問題，問題是有沒有愛得深到這個程度而已，不是嗎？」說完後，他也開始怕再說下去，會為他們帶來意想不到的問題，但這次，他願意相信大家有自己的判斷。

遙作為直播主，也許是知道逃不掉這個話題了，或者是自己想說、觀眾想聽，他陪著說：「但依賴得不對，最後帶來痛苦的例子有太多、太多，也許大部分人不去追求比較好？不過我也想說，我們經常指依賴會出現問題，說句廢話，問題不在於依賴，問題在於『依賴維持不下去』。確實絕大部分人事物都不能讓你一直依賴下去，所以有人強行用『控制』想補充安全感，很明顯是錯的，因為安全感是來自『對方對自己的依賴』，『控制』並不能令人『依賴』你……」

楠驚訝朋友還會想說下去。也對，只有自己說了一堆，跟本不是討論，不符合這個台的宗旨。

遙繼續：「反過來說，如果一個人在你進一步依賴時，沒有同樣進一步依賴作為回應，反而某一方或雙方因此越來越難受，你就要知道提醒自己不要過分依賴了。千萬不要讓自己陷入單方面依賴的境地，依賴的愛最大的問題是對方沒有同樣地依賴你。就正如雙人運動一樣，最重要是同步。」楠非常高興，遙幫自己說了想說的。如此一來自己不用太囉嗦了。全靠遙本身是一個對人充滿關懷的人，才說得出這些話。

遙在合適的時候說：「我總結一下，就是祝福投稿者可以找到一個人跟你慢慢試探、慢慢建立安全感、建立越來越多的依賴。在此之前要先愛自己，才能付出愛，才能不著急，找到對的人。是這樣吧？」

楠說：「對！謝謝你幫我翻譯成人話，還好你頭腦清醒。」

遙說：「我想到了！保護自己是應該的，無保留地愛也是應該的，只是在愛情成熟的不同階段而已。」

楠不知道是不是可以一概而論，但還是基本同意。像他們對愛情沒甚麼經驗的人，想的東西都莫名接近。

這番話為聊天室的討論產生動力，留言滾動比平時快兩三倍。觀眾表達了自己的意見。其中也有一些令人在意的，對這段討論的評價：「好像很有用，又好像很廢話」、「好像很抽象，又好像很貼地」、「好像很簡單，又好像很複雜」、「好像很理想，又好像很現實」、「好像很理性，又好像很感性」

這些評語代表楠身上也顯現出一些蛛絲馬跡，那就是他多了在生活中實踐「二元歸一」的思考——儘管很粗淺和拙劣。

楠說道：「其實聽以下的話就好了，我希望投稿者知道，你沒有錯。做自己，發揮你的優點就可以。如果你認為模仿別人能幫助你成功就去做，那麼就算成功也不是『屬於你』的成功。要說誰錯的話，可能不懂自愛的人也沒有錯，如果不渣的話，可能耍耍壞也沒有錯，其實開玩笑、小小的調侃、惡作劇這些就夠，不用PUA。撒嬌、討拍、明顯地扮扮生氣這些就夠，不用情緒勒索。甚至乎欲擒故縱、進退有道這些，雖然包括我在內，有人不接受，但大概是自尊心極強的人吧，但是似乎也蠻好用的。不要過火、不要欺瞞，要具有真情實感再找方式表達就好。」

「嗯嗯嗯！」正當遙大力讚同他的建議時，楠補充：「利申：從未用過這些招。只是好像、似是、感覺有看過，姐夫好像是這樣……吧？」

「哼哈哈……」遙所有感覺都托付在這一笑之中。再平靜地說：「不過我倒是覺得，要『過火』也不是那麼容易，我想如果一個人懂得使用情緒勒索、PUA，那放心，他一定好不到哪裏去，至少我就完全不懂。」

楠反應迅速地吐槽：「你是明知道最後一句邏輯不對，也要硬加上去的吧。」遙的虛擬人像快速點頭，失聲地笑著：「對！沒錯！」

「哈哈！就是為了表現自己是好男人！」楠也放開自己跟著笑了起來，把氣氛重新炒熱一點。

他們之間已形成了默契。

最後了，觀眾說別人對他喜歡虛擬角色有意見。遙說：「讓我好好想一下，這個問題我想好好回答。」他沉澱了一會。然後遙說：「至少你知道自己喜歡怎麼樣的人，這已經是人生很重要的一步。很多人從未能真正達到這一步。有多少人因為對方條件好一點，而選擇和對方一起，沒曾想過自己喜歡甚麼，不喜歡甚麼？就算想過，又有多少人能明確自己的內心？現在至少你知道自己想要甚麼，起碼有方向。找不到也沒關係，如果願意接受現實的人，自然能在現實找人結合；不願意將就的人，本來就是個不管怎樣也不會屈就自己的人，反正天生秉性難移又不是一天兩天，但也沒有關係，至少有一個虛擬角色可以安慰他，不是比甚麼也沒有好嗎？」

遙的形象有些變了，可以考慮轉型了。

殷石楠當然很替朋友高興，同時他也想：朋友真的越來越像自己了，某程度上比自己更強。

他也不認為喜歡虛擬角色算甚麼，只是他也控制不住自己的腦袋，忍不住想要好好地辯論、探討一下。他事先聲明自己的態度，表明所說的只是純粹為了挖掘更深的道理。正反雙方各有真理的碎片，嘗試合成完整的真理，才是辯論對人最大的意義。

之後他們平靜地思辯，也沒有人在乎甚麼輸贏，說得精彩漂亮就夠。這又是另一段對他們頻道來說的經典，不過現在的他們當然不會知道。

看遙平時不知世故的樣子，原來是「大直若屈，大巧若拙，大辯若訥。」楠稱讚了他，而朋友聽到後的反應是：「呵呵，大便。呵呵呵。」聊天室也充滿了笑的符號。

好好作收結，播放片尾，直播結束了。

殷石楠在細細回味這次直播的快樂。

不知何時開始，殷石楠終於不再感到孤獨。大家在這個圈子都是想盡力做點甚麼讓人知道其獨有的魅力。大家有著同一種想法及同一種願景。

他生平第一次有了「四海之內皆兄弟」的感覺。「四海」肯定不只 150 人，他終於明白自己的盲點了。

每個人都能找到自己在團體裏的位置，即使形式上像角色扮演的遊戲，但那份歸屬感是真實的，只是楠這個不容易跟人產生情感聯繫的人，以前未知道可以有多強。正是因為生活中不可能交出真心，對著熟悉的陌生人，才能把心拿出來，毫無保留說出想說的一切。可以說自己的偏見、可以說自己的隱疾、可以說自己的癖好。最開始的動機是甚麼都好，現在也是最信任的人。誰能一句定義是真是假？甚麼又才算真摯？楠知道當初朋友如此堅持己見，是因為他眼中看到的價值實在太高了。當初的楠不相信，現在他信了。

還要看到無數成功的例子，不信也得信。

滿足幻想同時充實生活，這就是這個時代的饋贈。

心力——於他們主要是記憶力，雖然是有限的，緊密來說是150人，但如果一些具體的事情處理成「不太緊密」，可能就可以多很多？別人不會甚麼都比較，但總會有所比較——如果「150人圈內」和「150人圈外」有所差別，可能被知道後就會忍不住比較，但這也有可能不是壞事……嗎？殷石楠雖然始終不是樂觀的人，但他也開始尋找完美的方案，做到可觀的人數，同時做到最高價值的關懷，還可以沒有問題，一直持續下去。只是可能不是他們的能力所做得到，但儘量去做，還是有意義的。

不過依然，他認為不會所有方面都完美。因為現實中不可能只得到好處。權利和責任、利益和成本、慣性和風險、自由和承諾、身份和自我、重視和壓力、控制和反噬、群體和個人……

他比任何人都清楚，「每個人都能找到自己在團體裏的位置」這句話是假的，亦不會每個位置都配得上每個人。在這個圈子中這情況不會落到他頭上，但不代表他就忘記了。

他總忍不住會用這種「個體」的角度去留意人，儘量留意所有潛在的不滿。他始終是改不了自己在能對別人產生影響力時想太多、管太多的毛病。但這就是他。這就是想令所有人——包括躲起來的少數人也滿意的他。他就是明知本性難移就努力令自己的能力跟上本性的人。要是以前的楠，他會努力反省然後矯枉過正——正如很多其他他不敢說自己對，然後過分反省的事情一樣。但現在他能肯定和打從心底接受，他這種特質，對世界絕對是有價值的，只需要搞清楚追求的理想是甚麼。

何況有「追求」不是問題，「追求不到」之後會有甚麼反應和如何面對，才是問題不是嗎？

「怎麼樣？開心嗎？」遙進入了語音通話對楠說。

「當然！」楠開始大談剛才直播有多盡興，自己因為觀眾和遙得到多少種不同的快樂。

「老實說，這些感覺是我以前想像不到的。自己的昇華、接觸外界的昇華，和你的昇華。了解和被了解，原來是這種感覺。」和支持者的關係像是朋友、主顧、偶像和娛樂者的混合體，到底算是一種甚麼關係似乎很難說清，而這樣的距離又遠又近，亦甚迷離；但也許有些事不用搞得這麼清楚，反正有一件事是絕對不會錯的：能掃走心中鬱悶，就做力所能及的事來報答——不管哪方都是。

也許最浪漫的關係，就是即使注定沒有結果，某天就會驟然中止，但未來回想，還是慶幸能遇到彼此。如能看透虛實，這關係就恰好是這一種吧？

「這樣太好了，搞得我都有點羨慕你了。」遙為他感到慶幸，又說到：「你變得很不一樣……人活潑了，說的話溫和、幽默了，笑多了，眉頭皺少了，是怎麼了？」

「有這麼明顯嗎？」楠疑惑。

他一直以來是在壓抑，甚至不讓自己太過快樂，只因他認為享樂主義很有問題，所以他完全站到其反面，努力讓自己不追求快樂，以為這樣就是修行。直到他終於學習到，一直以來他反對的背後究竟是甚麼。那真正的問題所在，是應該追求「真正的幸福」，卻被搞錯成世俗的快樂，但這最多只是「可惜」，並不是要執著「絕對正確」的事。正如佛是在教導人「離苦得『真樂』」一樣，按他的理解，表面的快樂不是完全不可取，只是會令人患得患失，阻礙追求真正的快樂的話，就要摒棄。說的幾乎是全部而已。

他學到的這種思想可以用在很多地方。阻礙真正關心的表面關心；阻礙真正仁義的表面仁義；阻礙真正孝順的表面孝順；阻礙真正愛國的表面愛國……也許人人最初都或多或少有共同的憧憬，只是看到有人有意無意各種搞錯，而漸行漸遠。

思想開放了一點是一方面，除此，楠還找到了很多方法抒發。在能說得出口的方法中，他選一個最簡單最直觀的方法告訴朋友。

他會先聽一些能安慰他的抒情歌，盡情多愁善感，再聽一些搖滾。他放給遙聽的是一首出類拔萃的 Christian Rock 歌曲。朋友反應頗大，邊聽邊說：「嗯……情緒落差這麼大，你果然異於常人。話說你信耶穌的嗎？」

「不是。我猜聽的多半不是教徒……隨便吧。沒有關係的。『有用』最重要。」之後他們又開始談天說地。他們的對話總是這樣，不過這也是正常。但是楠是有正經事想說的。他想了這麼長時間，決定不再猶豫。

楠坦白過往對觀眾的算計和控制，令自己羞愧。不過，訂立「公平」的原則這點，確實怎麼也不錯。但是世間能說得通的原則，也不只有一套。好好了解過觀眾的想法和前輩們的各種做法後，發現關係近，有關係近的做法，不近，有不近的做法，本來就是有很大的範圍。觀眾也各式各樣，有人在意雙方關係，有人默默喜歡，有人自來熟，有人到處遊走露個臉，有人只在意自己有興趣的直播，有人拿盡關注似知己密友，卻從來不知有何貢獻。本來就是多姿多彩的，有各種的處理，要細分下去，那可以無限細分。最重要是大家知道你是「哪種」的「公平」或者「平等」就好……

「你想得可真多，是說我現在沒問題吧？」

「暫時可以這麼說，總之我會……不，你就順其自然吧，你的『自然』是可以『順』的。情況不同時大家再商量吧。」

「好啊。早就應該不再麻煩你了。」

「不是！我不是想不理。只是……很多方面……有些事情你比我早明白。」然後遙壓低了音調說：「其實我只是覺得，這樣是理所當然，就這樣做下去而已……」楠也同樣小聲說：「哈！可能我已經不覺得有甚麼是『理所當然』吧？應該是我需要你提醒一些我已經忘記了的才對，但是你肯定是不足的！你還是很多事情都不懂！」

遙回答：「該懂時我就會懂。我未懂時你懂就行了。」

楠停頓了一下，然後笑著說：「你的智慧水平不要突然落差這麼大好不好……」

遙說：「不就跟你情緒落差這麼大一樣？」

「哈哈！」兩人都笑了。隔了一會遙幽幽地說：「所謂聰明的平凡人太多了，那又何必任何時候都擺出一幅聰明的模樣呢？」

楠又停頓了一會，若無其事地說：「你知我知，觀眾都知，你是真的特別蠢。」遙回：「你知我知，觀眾未必知，你不要告訴他們哦。」

「哈哈！」兩人又一同笑了。

他們確實為了直播下去，作了很多打算。這一切到底為了追求甚麼？早已不想那麼多了。

世界太小，就把僅餘的一兩樣事情看得很重，有點不完美就會非常痛苦。世界大了，事情多了，人就沒那麼執著了。

說巧也不巧，以楠的「智慧」和心眼，打開自己與人接觸、交流之後，雖然有一些不成熟導致的小困擾，但他改變了對自己的要求，利用以前他認為是「愚蠢」、「沒有意義」的話語來幫自己，需要裝傻時裝傻，需要精明時精明，還用上了佛學中的「四攝法」——「布施」、「愛語」、「利行」、「同事」，說奇妙也不奇妙，很多問題隨著對佛學加深了解，他也能找到答案。好像魯迅也說過類似的話。從過程中學習行動「以萬變應萬變」，內心「以不變應萬變」，所幸，與人接觸多是得到好結果。然後又有動力打開自己的心，形成正循環。

無獨有偶，這個正循環也發生在遙的身上。原因很簡單，因為他們兩個直播多了。不過因為殷石楠的起點低，所以他的改變比較大。雖然殷石楠不是直播的常客，但幾次的經驗都足夠他成長了。大放異彩了幾次，自然自信很多。由此變到有氣量包容、欣賞和學習他人。

這些都要歸功於他們努力思考和做足功課，也許再加上一點點運氣，但比例不高。畢竟在眾人之智越來越高之下，只靠運氣僥幸成功也遲早會打回原形。雖然運氣和成功的關係不再那麼大，但也許始終那比例不高的一點點運氣，從古至今都是成功的必要條件。怎樣也好，反正他們是夠運了。但是運氣是不是命中註定的呢？無從得知。只是袁至遙並不把一切當作必然；而殷石楠則是把「遇到不幸」也當成必然，做足準備。總之他們都心懷一份謙卑和敬畏。

雖然客觀上成績不算有顯著上升，但他們對自己可是很滿意了。

這些轉變在幾個月前是誰也想不到，尤其是殷石楠。他有時會想，如果不是朋友給了他這個世界，有些東西他可能一輩子也得不到。

「叮鈴鈴！」手機響起屬於家庭群組的鈴聲。鈴聲帶給楠的只有錯愕，因為就在數小時之前他們才 Facetime 通話過。打開手機一看，是傳來了一些生日祝福的貼圖。他們早就親口說過生日祝福了。看來是不知從哪裏找到一些有趣的貼圖，現在拿來用一用。畫面所見，每個人都有默契地各自傳一張相同系列的貼圖。想像一下他們都拿著手機在討論是誰傳哪張貼圖甚麼的，就忍不住嘴角上揚。同時傳來的，也有叫他趕快轉長工的提醒，殷石楠半開玩笑地回覆知道了。

他們幾乎每天都 Facetime 聊天，也經常在家庭群組聊天、傳照片，比楠原本想像中聯絡得更密，而他也主動說過年要去英國與大家團聚。

並不是因為他受不了一個人生活所以如此，而是他真的變了。「由愛故生憂，由愛故生怖」，以前當成是問題，現在純粹是解釋。以前借「解脫」掩飾懦弱，現在於愛欲彰顯勇氣。他依然跟正常人不太像，但這就是他。

與家人分開的這段時間，他偶然有一些瞬間，感覺神經很放鬆，但又保持著能量，腦袋很安逸，但又處於巔峰。也許神經和腦袋的事很難清楚明白，但至少他反應是比以前快了，猶豫不決的時間也短了。

生活令他沉澱了。他也開始了靜坐，對治胡思亂想和過剩的情緒。雖然未去到禪坐的修行，也經歷過很多想法，不斷浮現又不斷沉下，獨立完善又不斷連結，他好像想通了很多，又好像甚麼都不是新鮮的。最大的得著是，他似乎想通了為何他以前總是有那麼多矛盾的性格特質和想法。也拿出勇氣接受了現實。

他承認了自己自卑。

明明是勸人擇善固執，甚至破除執著的教誨，卻因為他太想要擺脫對自我的不滿，未學行先跳級，變成了執著要加給自己的枷鎖。有人適時入世，適時出世，他倒好，入不好好入，出不好好出，只在折磨自己。更別說他說真，真不了；說善，不知善；說美，不想美。現在他拋低了以往自比高人所得的優越感，放棄了執著但又做不到的做人準則，當然不是全部，他依然是對自己有要求的，只是變得更「健康」了。

他接受了人性，更重要的是接受了自己，輕鬆了很多。心裏清出了很多空間，反而由此滋生真正的愛和慈悲。這與「應無所住，而生其心」、「學佛到最後，連佛法也要放下」好像有某種暗合，但當然他根本不是那種境界，他現在才算是在踏上正軌的第一步：面對自己，腳踏實地。真的要解釋他這種變化的話，應該就是單純的「先愛自己，才能愛別人」吧。

所謂「做自己」，是勸人接受自己的一切皆合理。在此之上「做更好的自己」，就是以發自內心的正向憧憬作為動力，而不在意外界的看法。他現在已經跳過強烈地需要別人認同的階段，雖然他好像從以前便是這樣，但現在終於不是扮的了。他希望的是自己有能力為別人帶來一點心靈上的富足，而現在終於能做到了。

雖然別人的認同已經不會令他的自信心膨脹，但他能夠在別人的心裏造成一點點觸動這一點，還是需要他努力避免「我慢心」再次躁動。所以他把自信壓縮在內心深處，成為屬於自己，也只有自己知道，不可撼動的寶石。

不過這不是永恆的改變。他會再變得複雜、受染污、自擾，再變成這樣，再變成那樣，然後再變成這樣，不斷輪回。可能這就是命運之神給他的鍛鍊，要他把握機會一次又一次蛻變。或許這代表了命運之神看得起他也說不定。

命運之神還交給他另一個課題，那還得看隔天的事情。他在商業顧問公司面試實習生，他不想在兼職的公司做長工，好不容易等到這間公司有面試機會。

第一輪是線上面試，從早上開始就對著寫滿預想的問題和回答的筆記，熟悉一下甚麼問題寫在了甚麼位置。因為鏡頭限制，這份筆記可以放在死角讓他一路面試，一路看著照讀。果不其然，簡單、與其他工作面試無二的問題都在準備之內。但讓他沒想到的是，面試官問了一條可以很有用，也可以很沒用的問題：「你的座右銘是甚麼？」

他想了一下，眼珠一會轉右，一會轉左。天知道他想了多少東西，然後說出：「好學近乎知，力行近乎仁，知恥近乎勇。」

哈哈，現在他只是個知行不合一的偽君子而已，但他意識到自己是，也很接受自己是，所以毫不害羞地說出這句話。這句大概有 60% 符合他吧。

然後就是筆試的部分。其實他並不太擔心筆試，因為擔心也擔心不來，他根本不知道需要做甚麼。直至看到題目，腦海中浮現出的只有「莫名其妙」，都不用說他沒有信心做好，就算做得好，想到以後就要每天面對這樣的工作……他停下了，坐姿轉為靠著椅背癱坐。

失去個性不等於成長，泯然眾人不等於成熟。他暗自為自己打氣：「不就是勇氣而已嗎？其實，我一直都有吧。」

他撒手，不做了。

以前他沒甚麼追求，大眾定義的「成功」和「人生意義」，他確實覺得是對的，至少怎麼也不是錯的。但是他遲遲不肯投入工作，只因為始終有一部分的他「討厭這件對的事」。他不想承認自己只是因為「討厭」而變得「不理性」，不願意「知行不合一」，因此只懂得拖住不去想。

但現在他放下了。成功人士有一個特質，他們「接受現實」的速度比其他人快。

而現在楠知道，他這個人最大的反叛，就是不願意接受現實。他還是適合走另一條路，「腰金衣紫人何在，總被蒿蓬伴骷髏」，他想要上進，但或許不是世俗意義的「上進」。

現在，他第一次有了真正想做的事，他想向世界說一些話。

這段給他做題目的時間，他用來跟現在的老闆約打工的時間表。

這天，那個很喜歡分享的同事又說兒子的事，說他不跟人說話。楠聽到後本來不以為意，但同事的表情中實在流露出太多的擔憂，楠就主動搭了話。

「你有甚麼是他不知道的？沒有的話創造一樣。總之想辦法讓他對你產生興趣，可能就主動跟你說話？」

「是嗎？我有興趣的事都跟他說，他有興趣的事我也不懂，整天發呆好像想很多東西，有時自言自語，有時又突然猛地擰頭好像很困擾的樣子……」同事一直說對兒子不理解的地方，說了很多，說得很順，應該是真的留意了很久，思索了很久。

太熟悉了。楠覺得太熟悉了，有人跟他一樣沒有勇氣。沒有勇氣打開心窗；沒有勇氣承受孤獨。沒有勇氣接納他人；沒有勇氣面對自己。沒有勇氣為好的未來挑戰；沒有勇氣因壞的經歷離開。沒有勇氣追趕他人；沒有勇氣被他人拋下。沒有勇氣追求夢想；沒有勇氣面對現實。沒有勇氣說出討厭，更沒有勇氣被討厭；沒有勇氣去愛，沒有勇氣說出愛，更沒有勇氣要求人愛。沒有勇氣承認自己沒有勇氣；沒有勇氣否認自己沒有勇氣。誰有資格說對錯？只是這個世界要求的勇氣太多了。

別人不是自己，也不能以自己角度出發教別人怎樣，但他知道，像他一樣需要勇氣和開解自己的人不會在少數，而他可以做的，只有說出自己認為有用的。他說：「可能是他有忍受不了感情吧？可能就是忍受不了自己，如果你不能用最包容的姿態安慰他，就讓他自己消化吧。」

太想說了。楠太想幫跟自己相似的人提一些話了：「你要知他這樣不是有問題，只是……有人是這樣的。如果你真的想幫他解決的話，你就幫他搞清楚『真正想要的是甚麼』，鼓勵他想要就去吧。前提是你溫柔到他願意接受你鼓勵。」楠最後拋下一句：「如果某一天他變了另一個人的話，也不用驚訝。」

同事點著頭說好，那可能是因為她實在太想改變，又實在不知道怎樣和兒子相處，甚麼人說甚麼話她都聽。

楠不知道這建議有沒有用，甚至不知道這算不算是建議，但是他終於說上話了，終於把關心的說出來了，他自己是舒服了。至於以為這樣就能「拯救」別人的「自大」也不再存在了，他只是「負責」把一些話傳出去而已。

結束半天的工作，回到小小的家，坐在沙發，甚麼也不做。

現在他是減少了工作時間，剩下的時間給自己，而他確實需要這些時間。收入減了，但仍靠以前父母替他存下和自己以前的零用錢撐住，未動用家人給他的生活費。其實就算花光儲蓄，也未需要動用那筆生活費，因為他收到的「生日禮物」在定義上不算生活費。說來家人雖然經常勸他趕快找長工，但還是不管他缺不缺錢，也時不時給他存錢，完全不像是希望他趕快自立的感覺。慶幸他「久經訓練」，是個物慾不旺盛的人。反而是個即使無被追債的壓力，也遲早會把錢還給他們的人，不過也很難把話說死，畢竟家人之間不應有誰虧欠誰的說法。老土，但好像是這麼一回事。

他知道他們想表達的是：好好照顧自己。而按自己節奏找到真正想做的事，才是最好「照顧自己」的做法。他們給予的錢，其實是時間和安全感，也不知道是覺得明顯到不用說，尷尬還是傲嬌，這麼點一兩句就能說清楚的事情，他們就是不解釋。反正這就是他們解決擔憂的方式，也是表達愛的方式。

雖然楠更希望他們以適合楠的方式去愛而不是自作主張地愛，畢竟「愛」這玩意應該是以接受的一方為本吧？但沒問題，楠也愛他們，也以他們為本，這種愛的方式已經成為了最適合殷石楠的方式——應該說現在的殷石楠能夠把甚麼都當成最適合的方式。

因為愛得同步、協調之下，多深的愛也不是問題，而在足夠深的愛面前，任何形式都是一樣的。以前用家人的錢會帶來的罪惡感，現在已經沒有了，他該用就會用。

「喀喀」，有人敲門。楠一邊起身，一邊向門的另一邊叫嚷：「開門就行！沒有鎖上！」

「喂——」遙進來後到處張望。楠本想請他坐在沙發，但是他未有要坐下的樣子。

「這裏很不錯，就是東西有點少。」遙說。

「已經算很多了。你想像所有裝飾掛飾本來都是沒有的，應該說本來這間屋除了家具電器就是甚麼都沒有。」遙興致勃勃地繞一圈，看到有個小書櫃，看了一下裏面就說：「咦？你有學日文嗎？」

「我在讀大學時，假日一直在讀日文。」

「吓？為甚麼你一直沒說過？」

楠若無其事地說：「好端端說給你聽做甚麼？」

遙挑眉弄眼，作狀地說：「你好可怕啊，殷石楠！你還有甚麼是我不知道的？」

楠絲毫不怕影響關係，一個怕的瞬間也沒有，他平靜地說：「你不知道的可多了，我再慢慢告訴你吧。」

「對了！我們可以一起去日本自由行！我早就想去日本自由行了。」然後遙一個靈機一觸的反應後說：「到時可以慢慢說你的事。」

「嘔……」楠假裝作嘔：「太浪漫了吧……」

「嘿……好像是……」

不過他確實打算說的。秘密是有重量的，每多一件，心就重一分，他已經打算拋下了。

「嘿！難得你讓我上來你家……」遙邊打開背包邊說：「我帶了遊戲機。話說你甚麼時候才買一部遊戲機？好歹你也算……半個？大半個我們圈中人，怎樣也要對遊戲有點認識吧？」

「我不打遊戲，不代表我對遊戲沒有認識。」

「你當作是做研究嗎？這樣太無聊了吧！」

「我喜歡看別人玩不行嗎？」

「看得多不會想自己玩嗎？」

「會。」

「那就買吧。」

楠沒有一刻猶豫就說：「有道理。那你現在陪我去買吧。」

遙錯愕，但更多的是困惑，說：「甚麼？這麼突然？你甚麼時候變得這麼隨心的？」

「都是學你的。走吧。」

「好啊……哈！看來你是早有預謀的！」

楠只用個怪異的表情就向朋友表達了：「預謀你個頭。」

「用你家人的錢？」遙隨便問了句。

「我的……多虧你把觀眾給我的錢還給我。」

遙笑著說：「你該不會以為買遊戲機只需要一百幾十吧？」

「哈哈哈！」他們又對著笑出了聲。遙又說：「唉……剛來到你家就要走了。」

「你那麼喜歡這裏，你留在這裏我自己去。」

「不要不要！我跟你一起去！」

去完回來，就一直在玩遊戲。

雖然買遊戲機和玩遊戲沒有甚麼代表性，甚至算不上是一件甚麼事情，但是足以讓殷石楠當作是一個測試——一個對他現在有多接近正常人的測試。而現在他覺得：雖然說過要於愛欲彰顯勇氣，但原來現在除了某些艱難過後才可得的精神滿足外，他好像還真是沒有甚麼需要，這不像以前一樣要花功夫極力壓抑下才得到的結果。可能某種更重大的愛欲會令他真心想追求吧？而除此之外要達成甚麼的話，好像也不需要動用「勇氣」這麼嚴重，至少這一點比較像正常人。

點了外賣，吃過晚飯後，朋友回家了，家裏又只剩他一個人。

他坐在這裏，仔細想了想，打算解決的牽掛，就只剩下那一件事。

他拿出紙和筆，寫了一封信，一封給他家人的信。寫手寫信是因為，有些話用其他方法去說都會有點別扭，很神奇地，寫信是最適合的方式。

他寫了一封坦白信。

「看到我寄信過來不用太害怕，不是有甚麼壞消息。我也不知道這封信寄到來已經過了多久。應該還未過年吧？希望這是一個合適的時候。

進正題吧。還記得我以前跌傷過嗎？在學校旅行跌傷的那次。那時候的我也許是太想被關愛，也許是想逃避日常的壓力，也許只是我情緒失控，亦或許是我鬼迷心竅——可能全部原因都有，但甚麼原因已經不重要了。總之，我想跟大家說的是：那不是一場意外。

是我的一個「決定」。

我知道你們有很多問題想問。收到信後可能你們會不知道應該怎樣。但沒問題的，隨時聯絡我吧。我們好好談一談吧。希望下次見到面的時候，我們可以笑著說這件事。」

他願意去寫這些話，算是一種甚麼改變也好，至少現在他的狀態挺好的。

其實之前面試問他座右銘，他算是撒了謊。現在他真正的座右銘是：「大肚能容，容天下難容之事；開口就笑，笑世間可笑之人。」那是了解所有因緣後「一切都付笑談中」的笑。那種笑，也包括對過去的自己笑。

把信放進郵筒後，他收到一封電郵。這封電郵宣告殷石楠又需要準備迎接新生活。

他也不知道為甚麼自己要選這條路。也許，他變得越來越不像自己；也許，他逐漸發現了本來的自己。誰知道呢？誰又這麼無聊，在乎這種問題？

將要面對甚麼，殷石楠還預計不到。可以肯定的是，無論面對甚麼，他也不會忘記自己的驕傲。

至少，你在看這個故事，那就代表他過得還好。

……

「原來這就是……那之後的事都是我知道的吧？」

「還不是哦……之後再慢慢跟你說吧。都累了，現在該乖乖睡覺了。」

～完～

後記

序言說過的話再說一次：不是說道理，而是借「道理」說人。

我希望這本小說至少能提供那麼一點娛樂（其實應該說這本小說是用來燒大家腦的）。

如果您覺得這是真人真事，說服力很強，那容許我當作是對我的認可，謝謝您。但依然：本故事純屬虛構。

不過當然我有很多觀察，也有觀察自己，不然要寫出殷石楠這種愛觀察自己的角色可不是一般的費工。所以我不能說我完全不是他。只是如果您在意我本人到底跟書中哪個角色最接近、有多接近的話……那請您不要在意。

您在書中看出甚麼，不用猜是不是我想表達的，您看到甚麼就算甚麼，甚至把我寫這本書本身和書的寫法當作某種行為藝術……多荒謬也可以，隨便怎麼想，看您是想得多，還是想得少的人。

主角是一個看似非常離地的人，不管這是不是一個毛病，他都相當折磨自己了。就因為他沒有一個確切的信念，但為了自我，又總想要相信點甚麼，就把一切能保護自己的都拿來用。他成為了理想主義者。而要做一個真正的理想主義者，是要很聰明的。可想而知他給自己的壓力有多大。

他變得排斥人性——因為這樣令他覺得自己超越了他人。但同時，又不知道甚麼才是對的，自己應該以甚麼作為原則。他只想做絕對正確的事，是因為他不敢面對不完美的自己。有時又會為了一時之氣和優越感不惜踩界。其實他根本非常在意別人對他的看法，而他絞盡腦汁去否定這點而已。

面對自己做成的悖論和以這種方式保護內心的不可能，他得出的答案就是：放下執著，逍遙自在。放下對外界的執著，放下對自己的執著，放下對放下這份執著的執著。

這就是用自我實現的預言來解決自我矛盾的悖論。

他最後終於肯腳踏實地，承認自己不可能一瞬間成為聖人（他不是頓悟的材料），但他重回正軌之後，在正確的軌道上也不是從頭開始。他不再假扮不在意外界，也不再假扮自己能達到那些對抗人性的要求。但踏上正軌後反而能自然地做到這些事，也不會矯枉過正，害人害己。他最初是假扮得到解脫的，但最後似乎真的做得不錯⋯⋯還是他進入了另一層的騙自己？

不管怎樣，能夠重拾勇氣，也算是到了一個里程碑吧。

可能對他困擾的事情這對很多人來說是早就明白，甚至從未迷惘的事。但說到底他這個年紀，出現任何困擾，還不都是正常的事嗎？

這就是主角殷石楠的一部分。如果你喜歡他，那很好。那就代表他的存在為我們直接地帶來了一點價值；如果你討厭他，也歡迎，但其實他和我們可能很近，其實我們每一個人之間差別不是那麼大，也許在討厭他當中，也在提醒我們不要犯同樣的一些錯？只是如果你也覺得我沒有批評他的資格，我反而會非常高興。

看得出他哪裏好，或看得出他哪裏不好，怎樣也好，都代表您看出了甚麼是對您更好。也許他被向下看，被仰望，抑或被共感同情，通通都代表我的目的已經達成了，您說呢？

最後要說：既然是創作，那很難沒有不嚴謹的地方，不好意思。我接受任何批評——只要我不知道就好（開玩笑）。讓我知道有甚麼批評的話，我也可能會毫不驚訝，我自己批評自己的力度可能比您更強。希望對您來說還過得去吧。

庸　人

作　　者：展　略
編　　輯：林　靜
封面設計：高郁雯 Aillia Kao
出　　版：紅出版（青森文化）
地址：香港灣仔道 133 號卓凌中心 11 樓
出版計劃查詢電話：(852) 2540 7517
電郵：editor@red-publish.com
網址：http://www.red-publish.com

香港總經銷：聯合新零售（香港）有限公司
台灣總經銷：貿騰發賣股份有限公司
新北市中和區立德街 136 號 6 樓
(886) 2-8227-5988
http://www.namode.com

出版日期：2024 年 1 月
圖書分類：小說
I S B N ：978-988-8868-14-8
定　　價：港幣 88 元正／新台幣 360 元正